沈从文读库　凌宇 主编

八骏图

小说卷 四

沈从文
著

湖南文艺出版社　VOL.6

图书在版编目（CIP）数据

八骏图 / 沈从文著. -- 长沙：湖南文艺出版社，2024.3

（沈从文读库）

ISBN 978-7-5726-1456-9

Ⅰ. ①八… Ⅱ. ①沈… Ⅲ. ①短篇小说—小说集—中国—现代 Ⅳ. ①I246.7

中国国家版本馆CIP数据核字(2023)第186751号

沈从文读库

八骏图

BAJUN TU

作　　者：沈从文
总 策 划：彭　玻
主　　编：凌　宇
执行主编：吴正锋　张　森
出 版 人：陈新文
监　　制：谭菁菁
统　　筹：徐小芳
责任编辑：徐小芳　李雪菲
书籍设计：萧睿子
插　　画：蔡　皋
排　　版：刘晓霞
校对统筹：黄　晓
印制总监：李　阔

出版发行：湖南文艺出版社
（长沙市雨花区东二环一段508号　邮编：410014）
印　　刷：湖南天闻新华印务有限公司
开　　本：880 mm×1230 mm　1/32
印　　张：9.25
字　　数：162千字
版　　次：2024年3月第1版
印　　次：2024年3月第1次印刷
书　　号：ISBN 978-7-5726-1456-9
定　　价：48.00元
（如有印装质量问题，请直接与本社出版科联系调换）

沈从文读库·序

凌　宇

作为一代文学大师，沈从文在中国现代文学史上，具有举足轻重且无可替代的地位。早在20世纪30年代，沈从文即被鲁迅称为自“五四”新文学以来“最优秀的作家”之一，且被同时代作家视为“北京文坛的重镇”。尽管在1949至1979年间因“历史的误会”，他的文学作品遭遇了被冷漠、贬损，且几乎湮灭的运命，但自20世纪80年代以降，对沈从文及其文学成就的认识，就一直“行情上涨”，并迭经学术界关于沈从文是大家还是名家、是否文学大师之争，其文学史地位节节攀升。如今，随着研究的不断深入与拓展，沈从文已毫无疑问地成为现代文学史上不可绕过的重要存在。湖南文艺出版社拟出的这套《沈从文读库》，共12卷，涵盖沈从文的小说、散文、游记、自传、杂文、文论、诗歌以及书信等，全面展示了沈从文文学创作的丰富面貌。

沈从文的文学成就，首先在于他构筑了堪与福克纳笔下的“约克纳帕塔法”世系相媲美的湘西世界，并以此为原点，对神性——生命的最高层次进行诗性观照与哲性探索。20世纪20年代末至30年代中期，在《神巫之爱》《月下小景》这类浪漫传奇小说和《三三》《萧萧》等诸多乡村小说中，沈从文成功地构建起一个“神之存在，依然如故”的湘西世界。与之对照的，则是以《八骏图》为代表的都市题材作品中所展现的城里人的生存情状。以人性合理与否为基准，沈从文对城里人的生命状态进行批判，并因此将现代社会称作“神之解体”时代。然而，沈从文对人性的思考，并没有停留在“城里人—乡下人”的二元对立框架，在理性层面完成他的都市批判的同时，也完成着他对乡下人的现代生存方式的沉重反思。沈从文以湘西为题材创作的一个重要组成部分如《柏子》《会明》《虎雏》《丈夫》等，都是将乡下人安置在现代社会环境中叙述其命运的必然流程。在《边城》《萧萧》《湘行散记》等作品中，沈从文既保留了对乡下人近乎自然的生命形态的肯定，又立足于启蒙理性角度，书写了这一“不悖乎人性”的生命在现代社会的悲剧命运，一种浓重的乡土悲悯浸润在作品的字里行间。

不过，面对令人痛苦的现实，沈从文既没有如同废名式地从对人生的绝望走向厌世，也没有如同鲁迅式地走向决绝的反传统，他所寻觅的是存在于前现代文明中的具有人类共有价值的文化因子，并希望他笔下人物的正直与热情“保留些本质在年青人的血里或梦里”，以实现民族品德的重造。这一思考，在20世纪40年代达到顶点。面对大多数人重生活轻生命，重现实实利而从不“向远景凝眸”，在一切都被“市侩的人生观”推行之时，沈从文希冀来一次全面的“清洁运动”，用文字作工具，实现民族文化的经典重造。他不仅在抽象层面对生命与自然、美与爱、生与死等进行一系列哲性探寻——这导致他在这一时期创作了《烛虚》《水云》《七色魇》等大量哲思类散文；同时也在具象层面积极介入社会现实，对青年、家庭、战争、文学、政治等具体问题进行探讨——此期杂文和文论数量明显增多。他对生命的思考，也就由最初的湘西自然神性转入对普泛意义上的人类生命神性的探索。他以“美”与“爱”为核心，力图恢复被现代文明压抑的自然生命，在“神之解体”时代重构生命的理想之境，这在某种程度上也使得他的文学思想得以超越当时具体的历史境遇，而指向对民族未来乃至人类生存方式的终极关怀。

1949年后，沈从文将主要精力转入文物研究，但他的文学思考并未止步。他在清华园休养期间的“呓语狂言”，如《一个人的自白》《关于西南漆器及其他》等，是他对自我精神和思想的深入解剖，其风格近似20世纪40年代的抽象类散文。他与张兆和的不少信件，如其中对《史记》的言说，对四川乡村风物的叙述，对文学艺术的看法等，都可视作书信形式的散文。这些文字勾勒出沈从文试图改造自我以适应新社会，与坚守自我、守望生命本来之间矛盾复杂的思想轨迹，这一矛盾既表现在他的文学观上，也体现在他的人生观上。

时至21世纪，科技日新月异，人工智能时代已经到来，然而人类并没因此解决好自身的问题，相反，经历了新冠疫情并进入后疫情时代的人们陷入更大的生存困境。在科技发展到顶峰之时，人类又将何去何从？今天的人们同样面临着沈从文当年所面对的种种问题。而他的诸多思考，如对进入现代工业文明以来人类不断背离自我、背离自然的反思，对现代人“所得于物虽不少，所得于己实不多”的状态的审视，以及强调哲学对科学的补救、对历史作“有情”观照等，都具有一种独特的眼光和前瞻意识，对当下与未来的中国乃至世界依然具有重要的启示。

沈从文曾说，“在一切有生陆续失去意义，本身亦因死亡毫无意义时”，唯有文字能“使生命之光，煜煜照人，如烛如金”。他希冀借助文字的力量，“重新燃起年青人热情和信心”，让高尚的理想在“更年青的生命中发芽生根，郁郁青青”。经典从不过时，相信今天的人们仍能从他的作品中获得启发，有所会心，这也出版这套文库的目的所在。

目 录

八骏图

“先生，您第一次来青岛看海吗?”

“先生，您要到海边去玩，从草坪走去，穿过那片树林子，就是海。”

“先生，您想远远的看海，瞧，草坪西边，走过那个树林子——那是加拿大杨树，那是银杏树，从那个银杏树夹道上山，山头可以看海。”

“先生，他们说，青岛海比一切海都不同，比中国各地方海美丽。比北戴河呢，强过一百倍；您不到过北戴河吗?那里海水是清的，浑的?”

“先生，今天七月五号，还有五天学校才上课。上了课，您们就忙了，应当先看看海。”

青岛住宅区××山上，一座白色小楼房，楼下一个光线充足的房间里，到地不过五十分钟的达士先生，正靠近窗前眺望窗外的景致。看房子的听差，一面为来客收拾房子，整理被褥，一面就同来客攀谈。这种谈话很显然的是这个听差希望客人对他得到一个好印象的。第一回开口，见达士先生笑笑不理会。顺眼一看，瞅着房中那口小皮箱上面贴的那个黄色大轮船商标，觉悟达士先生是出过洋的人物了，因此就换口气，要来客注意青岛的海。达士先生还是笑笑的不说什么，那听差于是解嘲似的说，青岛的海与其他地方的海如何不同，它很神秘，很不易懂。

分内事情作完后，这听差搓着两只手，站在房门边说："先生，您叫我，您就按那个铃。我名王大福，他们都叫我老王。先生，我的话您懂不懂?"

达士先生直到这个时候方开口说话："谢谢你，老王。你说话我全听得懂。"

"先生，我看过一本书，学校朱先生写的，名叫《投海》，有意思。"这听差老王那么很得意的说着，笑眯眯的走了。天知道，这是一本什么书。

听差出门后，达士先生便坐在窗前书桌边，开始给他那个远在两千里外的美丽未婚妻写信。

瑗瑗：我到青岛了。来到了这里，一切真同家中一样。请放心，这里吃的住的全预备好好的！这里有个照料房子的听差，样子还不十分讨人厌，很欢喜说话，且欢喜在说话时使用一些新名词；一些与他生活不大相称的新名词。这听差真可以说是个“准知识阶级”，他刚刚离开我的房间。在房间帮我料理行李时，就为青岛的海，说了许多好话。照我的猜想，这个人也许从前是个海滨旅馆的茶房。他那派头很像一个大旅馆的茶房。他一定知道许多故事，记着许多故事。（真是我需要的一只母牛！）我想当他作一册活字典，在这里两个月把他翻个透熟。

我窗口正望着海，那东西，真有点迷惑人！可是你放心，我不会跳到海里去的。假若到这里久一点，认识了它，了解了它，我可不敢说了。不过我若一不小心失足掉到海里去了，我一定还将努力向岸边泅来，因为那时我心想起你，我不会让海把我攫住，却尽你一个人孤孤单单。

达士先生打量捕捉一点窗外景物到信纸上，寄给远地那个人看看，停住了笔，抬起头来时窗外野景便朗然入目。草坪树林与远海，衬托得如一幅动人的画。达士先生于是又继续写道：

我房子的小窗口正对着一片草坪，那是经过一种精密的设计，用人工料理得如一块美丽毯子的草坪，上面点缀了一些不知名的黄色花草，远远望去，那些花简直是绣在上面。我想起家中客厅里你作的那个小垫子。草坪尽头有个白杨林，据听差说那是加拿大种白杨林。林尽头是一片大海，颜色仿佛时时刻刻皆在那里变化；先前看看是条深蓝色缎带，这个时节却正如一块银子。

达士先生还想引用两句诗，说明这远海与天地的光色。一抬头，便见着草坪里有个黄色点子，恰恰镶嵌在全草坪最需要一点黄色的地方。那是一个穿着浅黄颜色袍子女人的身影。那女人正预备通过草坪向海边走去，随即消失在白杨树林里不见了。人俨然走入海里去了。

没有一句诗能说明阳光下那种一刹而逝的微妙感印。

达士先生于是把寄给未婚妻的第一个信，用下面几句话作了结束：

学校离我住处不算远，估计只有一里路，上课时，还得上一个小小山头，通过一个长长的槐树夹道。山路上正开着野花，颜色黄澄澄的如金子。我欢喜那种不知名的黄花。

达士先生下火车时上午×点二十分。到地把住处安排好了，写完信，就过学校教务处去接洽，同教务长商量暑期学校十二个钟头讲演的分配方法。事很简便的办完了，就独自一人跑到海滨一个小餐馆吃了一顿很好的午饭。回到住处时，已是下午×点了。便又起始给那个未婚妻写信。报告半天中经过的事情。

瑗瑗：我已经过教务处把我那十二个讲演时间排定了。所有时间皆在上午十点前。有八个讲演，讨论的问题，全是我在北京学校教过的那些东西。我不用预备就可以把它讲得很好。另外我还担任四点钟现代中国文学，两点钟讨论几个现代中国小说家所代表的倾向。你想象得出，这些问题我上堂同他们讨论时，一定能够引起他们的兴味。今天五号，过五天方能够开学。

我应当照我们约好的办法，白天除了上堂上图书馆，或到海边去散步以外，就来把所见所闻一一告给你。我要努力这样作。我一定使你每天可以接到我一封信，这信上有个我，与我在此所见社会的种种，小米大的事也不会瞒你。

我现在住处是一座外表很可观的楼房。这原是学校特别为几个远地聘来的教授布置的。住在这个房子里一共有八个人，其余七个人我皆不相熟。这里住的有物理学家教授甲，生物学家教授乙，道德哲学家教授丙，哲学专家教授丁，以及西洋文学史专家教授戊等等。这些名流我还不曾见面，过几天我会把他们的神气一一告诉你。

我预备明天方过校长处去，我明天将到他那儿吃午饭。我猜想得到，这人一见我就会说："怎么样，还可……？应当邀你那个来海边看看！我要你来这里不是害相思病，原就只是让你休息休息，看看海。一个人看海，也许会跌到海里去给大鱼咬掉的！"瑗瑗，你说，我应如何回答这个人。

下车时我在车站外边站了一会儿，无意中就见到一种贴在阅报牌上面的报纸。那报纸登载着关于我们的消息。说我们两人快要到青岛来结婚。还有许多事是我们自己不知道的，也居然一行一行的上了版，印出给大家看了。那个作编辑的转述关于我的流行传说时，居然还附加着一个动人的标题，“欢迎周达士先生”。我真害怕这种欢迎。我担心一会儿就会有人来找我。我应当有个什么方法，同一切麻烦离远些，方有时间给你写信。你试想想看，假若我这时正坐在桌边写信，一个不速之客居然进了我的屋子里，猝然发问：“达士先生，你又在写什么恋爱小说！你一共写了多少？是不是每个故事都是真的？都有意义？”这询问真使人受窘！我自然没有什么可回答。然而一到第二天，他们仍然会写出许多我料想不到的事情！他们会说：达士先生亲口对记者说的。事实呢，他也许就从不见过我。

达士先生离开××时，与他的未婚妻瑗瑗说定，每天写一个信回××。但初到青岛第一天，他就写了三个信。第三个信写成，预备叫听差老王丢进学校邮筒里去时，天已经快夜了。

达士先生在住处窗边享受来到青岛地方以后第一个黄昏。一面眺望窗外的草坪——那草坪正被海上夕照烘成一片浅紫色。那种古怪色泽引起他一点回忆。

想起另外某一时，仿佛也有那么一片紫色在眼底眩耀。

那是几张紫色的信笺，不会记错。

他打开箱子，从衣箱底取出一个厚厚的杂记本子，就窗前余光向那个书本寻觅一件东西。这上面保留了这个人一部分过去的生命。翻了一阵，果然的，一个“七月五日”标题的记事被他找出来了。

七月五日

一切都近于多余。因为我走到任何一处皆将为回忆所围困。新的有什么可以把我从泥淖里拉出？这世界没有“新”，连烦恼也是很旧了的东西。

读完这个，有一点茫然自失，大致身体为长途折磨疲倦了，需要一会儿休息。

可是达士先生一颗心却正准备到一个旧的环境里散散步。他重新去念着那个二年前七月五日寄给南京的×请她代他过××去看看□的一个信稿。那个原信是用暗紫色纸张写的，那个信发出时，也正是那么一个悦人眼目的黄昏。

这几个人的关系是×欢喜他，他却爱□，□呢，不讨厌×。

当□听人说到×极爱达士先生时，□便说：“这真是好事情。”然而人类事情常常有其相左的地方，上帝同意的人不同意，人同意的命运又不同意。×终于怀着一点儿悲痛，嫁给一个会计师了。×作了另外一个人的太太后，知道达士先生尚在无望无助中遣送岁月，便来信问达士先生，是不是要她作点什么事。她很想为他效点劳。因为她觉得他虽不爱她，派她作点事，尚可借此证明他还信任她。来信说得多委婉，多可怜！当时他被她一点点隐伏着的酸辛把心弄软了，便写了个信给×，托她去看看□。这个信不单是信任×，同时也就在告给×，莫用过去那点幻想折磨她自己。

×，你信我已见到了，一切我都懂。一切不是人力所能安排的，我们总莫过分去勉强。我希望我们皆多有一分理知，能够解去爱与憎的缠缚。

听说你是很柔顺贞静作了一个人的太太，这消息使熟人极快乐。……死去了的人，死去了的口子，死去了的事，假若还能折磨人，都不应当留在人心上来受折磨；所以不是一个善忘的人企想“幸福”，最先应当学习的就是善忘。我近来正在一种逃遁中生活，希望从一切记忆围困中逃遁。与其尽回忆把自己弄得十分软弱，还不如保留一个未来的希望较好。

谢谢您在来信上提到那些故事，恰恰正是我讨厌一切写下的故事的时节。一个人应当去生活，不应当尽去想象生活！若故事真如您称赞的那么好，也不过只证明这个拿笔的人，很愿意去一切生活里生活，因为无用无能，方转而来虐待那一只手罢了。

您可以写小说，因为很明显的事，您是个能够把文章写得比许多人还好的女子。若没有这点自信力，就应当听一个朋友忠厚老实的意见。家庭生活一切过得极有条理，拿笔本不是必需的行为。为你自己设想可不必拿笔，为了读者，你不能不拿笔了。中国还需要这种人，忘了自己的得失成败，来做一点事情。我听人说到你预备去当伤兵看护，实际上您的长处可以当许多男子受伤灵魂的看护，后者职务实在比你去侍候伤兵还精细在行。你不觉得您写点文章比掉换绷带方便些？你需要一点自觉，一点自信。

我不久或过××来，我想看看那“我极爱她她可毫不理我”的□。三年来我一切完了。我看看她，若一切还依然那么沉闷，预备回乡下去过日子，再不想麻烦人了。我应当保持一种沉默，到乡下生活十年，把最重要的一段日子费去。×，您若是个既不缺少那点好心也不缺少那种空闲的人，我请您去为我看看她。我等候您一个信。您随便给我一点见她以后的报告，对于我都应当说是今年来最难得的消息。

再过两年我会不会那么活着？

一切人事皆在时间下不断的发生变化。第一，这个×去年病死了。第二，这个□如今已成达士先生的未婚妻。第三，达士先生现在已不大看得懂那点日记与那个旧信上面所有的情绪。

他心想：人这种东西够古怪了，谁能相信过去，谁能知道未来？旧的，我们忘掉它。一定的，有人把一切旧的皆已忘掉了，却剩下某时某地一个人微笑的影子还不能够忘去。新的，我们以为是对的，我们想保有它，但谁能在这个人间保有什么？

在时间对照下，达士先生有点茫然自失的样子。先是在窗边痴着，到后来笑了。目前各事仿佛已安排对了。一个人应知足，应安分。天慢慢的黑下来，一切那么静。

瑗瑗：

暑期学校按期开了学。在校长欢迎宴席上，他似庄似谐把远道来此讲学的称为“千里马”；一则是人人皆赫赫大名，二则是不怕路远。假若我们全是千里马，我们现在住处，便应当称为“马房”了！

我意思同校长稍稍不同。我以为几个人所住的房子，应当称为“天然疗养院”方能名实相符。你信不信？这里的人从医学观点看来，皆好像有一点病，（在这里我真有个医生资格！）我不说过我应当极力逃避那些麻烦我的人吗？可是，结果相反，三天以来同住的七个人，有六个人已同我很熟习了。我有时与他们中一个两个出去散步，有时他们又到我屋子里来谈天，在短短时期中我们便发生了很好的友谊，教授丁，丙，乙，戊，尤其同我要好。便因为这种友谊，我诊断他们是个病人。我说的一点不错，这不是笑话，这些教授中至少有两个人还有点儿疯狂，便是教授乙同教授丙。

我很觉得高兴，到这里认识了这些人，从这些专家方面，学了许多应学的东西。这些专家年龄有的已经五十四岁，有的还只三十左右。正仿佛他们一生所有的只是专门知识，这些知识有的同“历史”或“公式”不能分开，因此为人显得很庄严，很老成。但这就同人性有点冲突，有点不大自然。一个不到三十岁的小说作家，年龄同事业，从这些专家看来，大约应当属于“浪漫派”。正因为他们是“古典派”，所以对我这个“浪漫派”发生了兴味，发生了友谊。我相信我同他们的谈话，一面在检察他们的健康，一面也就解除了他们的“意结”。这些专家有的儿女已到大学三年级，早在学校里给同学写情书谈恋爱了，然而本人的心，真还是天真烂漫。这些人虽富于学识，却不曾享受过什么人生。便是一种心灵上的欲望，也被抑制着，堵塞着。我从这儿得到一点珍贵知识，原来十多年大家叫喊着“恋爱自由”这个名词，这些过渡人物所受的刺激，以及在这种刺激之下，藏了多少悲剧，这悲剧又如何普遍存在。

瑗瑗，你以为我说的太过分了是不是，我将把这些可尊敬的朋友神气，一个一个慢慢的写出来给你看。

达士

教授甲把达士先生请到他房里去喝茶谈天，房中布置在达士先生脑中留下那么一些印象：

房中小桌上放了张全家福的照片，六个胖孩子围绕了夫妇两人。太太似乎很肥胖。

白麻布蚊帐里，有个白布枕头，上面绣着一点蓝花。枕旁放了一个旧式扣花抱兜。一部《疑雨集》，一部《五百家香艳诗》。大白麻布蚊帐里挂一幅半裸体的香烟广告美女画。

窗台上放了个红色保肾丸小瓶子，一个鱼肝油瓶子，一点头痛膏。

教授乙同达士先生到海边去散步。一队穿着新式浴衣的青年女子迎面而来，切身走过。教授乙回身看了一下几个女子的后身，便开口说：

“真希奇，这些女子，好像天生就什么事都不必做，就只那么玩下去，你说是不是?”

“……”

“上海女子全像不怕冷。”

“……”

“宝隆医院的看护，十六元一月，新新公司的卖货员，四十块钱一月。假若她们并不存心抱独身主义，在货台边相攸的机会，你觉不觉得比病房中机会要多一些?”

“……”

“我不了解刘半农的意思，女子文理学院的学生全笑他。”

走到沙滩尽头时，两人便越马路到了跑马场。场中正有人调马。达士先生想同教授乙穿过跑马场，由公园到山上去。教授乙发表他的意见，认为那条路太远，海滩边潮水尽退，倒不如湿砂上走走有意思些。于是两人仍回到海滩边。

达士先生说：

“你怎不同夫人一块来？家里在河南，在北京？”

“……”

“小孩子读书实在也麻烦，三个都在南开吗？”

“……”

“家乡无土匪倒好。从不回家，其实把太太接出来也不怎么费事；怎么不接出来？”

“……”

“那也很好，一个人过独身生活，实在可以说是洒脱，方便。但是，有时候不寂寞吗？”

“……”

“你觉得上海比北京好？奇怪。一个二十来岁的人，若想胡闹，应当称赞上海。若想念书，除了北京往那里走。你觉得上海可以——？”

那一队青年女子，恰好又从浴场南端走回来。其中一个穿着件红色浴衣，身材丰满高长，风度异常动人。赤着两只脚，经过处，湿砂上便留下一列美丽的脚印。教授乙低下头去，从女人一个脚印上拾起一枚闪放珍珠光泽的小小蚌螺壳，用手指轻轻的很情欲的拂拭着壳上粘附的砂子。

“达士先生，你瞧，海边这个东西真美丽。”

达士先生不说什么，只是微笑着，把头掉向海天一方，眺望着天际白帆与烟雾。

道德哲学教授丙，从住处附近山中散步回到宿舍，差役老王在门前交给他一个红喜帖，“先生，有酒喝！”教授丙看看喜帖是上海×先生寄来的，过达士先生房中谈闲天时，就说起×先生。

“达士先生，您写小说我有个故事给您写。民国十二年，我在杭州××大学教书，与×先生同事。这个人您一定闻名已久。这是个从五四运动以来有戏剧性过了好一阵热闹日子的人物！这×先生当时住在西湖边上，租了两间小房子，与一个姓□的爱人同住。各自占据一个房间，各自有一铺床。两人日里共同吃饭，共同散步，共同作事读书，只是晚上不共同睡觉。据说这个叫作‘精神恋爱’。×先生为了阐发这种精神恋爱的好处，同时还著了一本书，解释它，提倡它。性行为在社会引起纠纷既然特别多，性道德又是许多学者极热烈高兴讨论的问题。当时倘若有只公鸡，在母鸡身边，还能作出一种无动于中的阉鸡样子，也会为青年学者注意。至于一个公人，能够如此，自然更引人注意，成为了不起的一件大事了。社会本是那么一个凡事皆浮在表面上的社会，因此×先生在他那分生活上，便自然有一种伟大的感觉，日子过得仿佛很充实。分析一下，也不过是佛教不净观，与儒家贞操说两种鬼在那里作祟罢了。

“有朋友问×先生，你们过日子怪清闲，家里若有个小孩，不热闹些吗？×先生把那朋友看得很不在眼似的说，嗨，先生，你真不了解我。我们恋爱那里像一般人那种兽性；你真是——有眼不识泰山。你不看过我那本书吗？他随即送了那朋友一本书。

“到后丈母娘从四川省远远的跑来了，两夫妇不得不让出一间屋子给丈母娘住。两人把两铺床移到一个房中去，并排放下。另一朋友知道了这件事，就问他，×先生如今主张会变了吧？×先生听到这种话，非常生气的说，哼，你把我当成畜生！从此不再同那个朋友来往。

“过了一年，那丈母娘感觉生活太清闲，那么过日子下去实在有点寂寞，希望作外祖母了。同两夫妇一面吃饭，一面便用说笑话口气发表意见，以为家中有个小孩子，麻烦些同时也一定可以热闹些。两夫妇不待老母亲把话说完，同声齐嚷起来：娘，你真是无办法。怎不看看我们那本书？两夫妇皆把丈母娘当成老顽固，看来很可怜。以为不受过高等教育的人，除了想儿女为她养孩子含饴弄孙以外，真再也没有什么高尚理想可言！

“再过一阵，女的害了病；害了一种因贫血而起的某种病。×先生陪她到医生处去诊病。医生原认识两人，在病状报告单上称女的为×太太，两夫妇皆不高兴，勒令医生另换一纸片，改为□小姐。医生一看病人，已知道了病因所在，是在一对理想主义者，为了那点违反人性的理想把身体弄糟了。要它好，简便得很，发展兽性，自然会好！医生有作医生的义务，就老老实实把意见告给×先生。×先生听完，一句话不说，拉了女的就走。女的还不明白是怎么会事。×先生说，这家伙简直是一个流氓，一个疯子，那里配作医生。后来且同别人说，这医生太不正经，一定靠卖春药替人堕胎讨生活。我要上衙门去告他。公家应当用法律取缔这种坏蛋，不许他公然在社会上存在，方是道理。

“于是女人改医生服中药，贝母当归煎剂吃了无数，延缠半年，终于死去了。×先生在女的坟头立了一个纪念碑，石上刻字：我们的恋爱，是神圣纯洁的恋爱！当时的社会是不大吝惜同情的，自然承认了这件事。凡朋友们不同意这件事的，×先生就觉得这朋友很卑鄙龌浊，不了解人间恋爱可以作到如何神圣纯洁与美丽，永远不再同那个朋友往来。

“今天我却接到这个喜帖，才知道原来×先生八月里在上海又要同上海交际花结婚了，有意思。潮流不同了，现在一定不再那个了。”

达士先生听完了这个故事，微笑着问教授丙：

“丙先生，我问您，您的恋爱观怎么样?”

教授丙把那个红喜帖折叠成一个老猪头。

“我没有恋爱观，我是个老人了，这些事应当是儿女们的玩意儿了。”

达士先生房中墙壁上挂了个希腊爱神照像片，教授丙负手看了又看，好像想从那大理石胴体上凹下处凸出处寻觅些什么，发现些什么。到把目光离开相片时，忽然发问：

“达士先生，您班上有个×××，是不是?”

“真有这样一个人。您怎么认识她？这个女孩子真是班上顶美……”

“她是我的内侄女。”

“哦，您们是亲戚！”

“这孩子还聪敏，书读得不坏。”说着，教授丙把视线再度移到墙头那个照片上去，心不在乎的问道：“达士先生，这照片是从希腊人的雕刻照下的吗？”这种询问似乎不必回答，达士先生很明白。

达士先生心想：“丙先生倒有眼睛，认识美。”不由得不来一个会心微笑。

两人于是同时皆有一个苗条圆熟的女孩子影子，在印象中晃着。

教授丁邀约达士先生到海边去坐船。乳白色的小游艇，支持了白色三角形小帆。顺着微风，向作宝石蓝颜色镜平放光的海面滑去。天气明朗而温柔。海浪轻轻的拍着船头和船舷，船身略侧，向前滑去时轻盈得如同一只掠水的小燕儿。海天尽头有一点淡紫色烟子。天空正有白鸟三五，从容向远海飞去。这点光景恰恰像达士先生另外一个记载里的情形。便是那只船，也如当前的这只船。有一点儿稍稍不同，就是坐在达士先生对面的一个人，不是医生，却换了一个哲学教授了。

两人把船绕着小青岛去。讨论着当年若墨医生与达士先生尚未讨论结果的那个问题——女人，一个永远不能结束定论的议题！

教授丁说：

“大概每个人皆应当有一种辖治，方能像一个人。不管受神的，受鬼的，受法律的，受医生的，受金钱的，受名誉的，受牙痛的，受脚气的；必需有一点从外而来或由内而发的限制，人才能够像一个人。一个不受任何拘束的人，表面看来极其自由，其实他做什么也不成功。因为他不是个人。他无拘束，同时也就不会有多少气力。

“我现在若一点儿不受拘束，一切欲望皆苦不了我，一切人事我不管，这决不是个好现象。我有时想着就害怕。我明白，我自己居然能够活下去，还得感谢社会给我那一点拘束。若果没有它，我就自杀了。

“若墨医生同我在这只小船上的座位虽相差不多，我们又同样还不结婚。可是，他讨厌女人，他说：一个女人在你身边时折磨你的身体，离开你身边时又折磨你的灵魂。女子是一个诗人想象的上帝，是一个浪子官能的上帝。他口上尽管讨厌女人，不久却把一个双料上帝弄到家中作了太太，在裙子下讨生活了。我一切恰恰同他相反。我对女人，许多女人皆发生兴味。那些肥的，瘦的，有点儿装模作样或是势利浅浮的，似乎只因为她们是女子，有女子的好处，也有女子的弱点，我就永远不讨厌她们。我不能说出若墨医生那种警句，却比他更了解女子。许多讨厌女子的人，皆在很随便情形下同一个女子结了婚。我呢，我欢喜许多女人，对女人永远倾心，我却再也不会同一个女人结婚。

“照我的哲学崇虚论来说，我早就应当自杀了。然而到今天还不自杀，就亏得这个世界上尚有一些女人。这些女人我皆很情欲的爱着她们。我在那种想象荒唐中疯人似的爱着她们。其中有一个我尤其倾心，但我却极力制止我自己的行为。始终不让她知道我爱她。我若让她知道了，她也许就会嫁给我。我不预备这一着。我逃避这一着。我只想等到她有了四十岁，把那点女人极重要的光彩大部分已失去时，我再去告她，她失去了的，在我心上还好好的存在。我为的是爱她，为的是很情欲的爱她，总觉得单是得到了她还不成，我便尽她去嫁给一个明明白白一切皆不如我的人，使她同那男子在一处消磨尽这个美丽生命。到了她本身已衰老时，我的爱一定还新鲜而活泼。

“您觉得怎么样，达士先生？”

达士先生有他的意见：

“您的打算还仍然同若墨医生差不多。您并不是在那里创造哲学，不过是在那里被哲学创造罢了。您同许多人一样，放远期账，表示远见与大胆，且以为将来必可对本翻利。但是您的账放得太远了，我为您担心。这种投资我并无反对理由，因为各人有各人耗费生命的权利和自由，这正同我打量投海，觉得投海是一种幸福时，您不便干涉一样。不过我若是个女人，对于您的计划，可并无多少兴味。您有哲学，却缺少常识。您以为您到了那个年龄，脑子尚能有如今这样充满幻想，且以为女子到了四十岁，也还会如十八岁时那么多情善感。这真是糊涂。我敢说您必输到这上面。您若有兴味去看一本关于××的书籍，您会觉得您那哲学必需加以小小修改了。您爱她，得给她。这是自然的道理。您爱她，使她归您，这还不够，因为时间威胁到您的爱，便想违反人类生命的秩序，而且说这一切皆为女人着想。我看看，这同束身缠脚一样，不大自然，有点残忍。”

“你以为这个事太不近情，是不是？我们每一个人皆可听凭自己意志建筑一座礼拜堂，供奉自己所信仰的那个上帝。我所造的神龛，我认为是世界上最美丽的神龛。这事由你看来，这么办耗费也许大一点。可是恋爱原本就是一种奢侈的行为。这世界正因为吝啬的人太多了，所以凡事皆做不好。我觉得吝啬原邻于愚蠢。一个人想把自己人格放光，照耀蓝空，眩人眼目如金星，愚蠢人决做不出。”

“您想这么作是中了戏剧的毒。您能这么作可以说是很有演剧的天才。我承认您的聪明。”

“你说对了。我是在演剧。很大胆的把角色安排下来，我期待的就正是在全剧进行中很出众，然而近人情，到重要时忽然一转，尤其惊人。”

达士先生说：

“说得对。一个人若真想把自己全生活放在热闹紧张场面上发展，放在一种变态的不自然的方法中去发展，从一个艺术家眼里看来，没有反对的道理。一切艺术原皆不容许平凡。不过仍然用演戏取譬，你想不想到时间太久了一点，您那个女角，能不能支持得下去？世界上尽有许多女人在某一小时具有为诗人与浪子拜倒那个上帝的完美，但决不能持久。您承认她们到某一时会把生命光彩失去，却不想想一个表面失去了光彩的女人，还剩下一些什么东西。”

“那你意思怎么样？”

“爱她，得到她。爱她，一切给她。”

“爱她，如何能长久得到她？一切给她，什么是我？若没有我，怎么爱她？”

达士先生知道教授戊是个结了婚后一年又离婚的人，想明白他对于这件事的意见同感想。下面是教授戊的答案：

女人，多古怪的一种生物！你若说“我的神，我的王后，你瞧，我如何崇拜你！让莎士比亚的胸襟为一个女人而碎吧，同我来接一个吻！”好辞令。可是那地方若不是戏台，却只是一个客厅呢？你将听到一种不大自然的声音（她们照例演戏时还比较自然），她们回答你说：“不成，我并不爱你。”好，这事也就那么完结了。许多男子就那么离开了她的爱人，男的当然便算作失恋。过后这男子事业若不大如意，名誉若不大好，这些女人将那么想：“我幸好不曾上当。”但是，另外某种男子，也不想作莎士比亚，说不出那么雅致动人的话语。他要的只是机会。机会许可他傍近那个女子身边时，他什么空话不必说，就默默的吻了女人一下。这女子在惊慌失措中，也许一伸手就打了他一个耳光，然而男子不作声，却索性抱了女子，在那小小嘴唇上吻个一分钟。他始终没有说话，不为行为加以解释。他知道这时节本人不在议会，也不在课室。他只在作一件事！结果，沉默了。女人想：“他已吻过我了。”同时她还知道了接吻对于她毫无什么损失，到后，她成了他的妻子。这男人同她过日子过得好，她十年内就为他养了一大群孩子，自己变成一个中年胖妇人；男子不好，她会解说：“这是命。”

是的，女人也有女人的好处。我明白她们那些好处。上帝创造她们时并不十分马虎，既给她们一个精致柔软的身体，又给她们一种知足知趣的性情，而且更有意思，就是同时还给她们创造一大群自作多情又痴又笨的男子，因此有恋爱小说，有诗歌，有失恋自杀，有——结果便是女人在社会上居然占据一种特殊地位，仿佛凡事皆少不了女人。

我以为这种安排有一点错误。从我本身起始，想把女人的影响，女人的牵制，尤其是同过家庭生活那种无趣味的牵制，在摆得开时乘早摆开。我就这样离了婚。

达士先生向草坪望着："老王，草坪中那黄花叫什么名?"

老王不曾听到这句话，不作声。低头作事。

达士先生又说："老王，那个从草坪里走来看庚先生的女人是什么人?"

听差老王一面收拾书桌一面也举目从窗口望去："××女子中学教书先生。长得很好，是不是?"说着，又把手向楼上指指，轻声的说："快了，快了。"那意思似乎在说两人快要订婚，快要结婚。

达士先生微笑着："快什么了?"

达士先生书桌上有本老舍作的小说，老王随手翻了那么一下，"先生，这是老舍作的，你借我这本书看看好不好?

怎么这本书名叫《离婚》？”

达士先生好像很生气的说：

“怎么不叫《离婚》？我问你，老王。”

楼上电铃忽响，大约住楼上的教授庚，也在窗口望见了经草坪里通过向寄宿舍走来的女人了，呼唤听差预备一点茶。

一个从××寄过青岛的信——

达士先生：

你给我为历史学者教授辛画的那个小影，我已见到了。你一定把它放大了点。你说到他向你说的话，真不大像他平时为人，可是我相信你画他时一定很忠实。你那枝笔可以担保你的观察正确。这个速写同你给其他先生们的速写一样，各自有一种风格，有一种跃然纸上的动人风格，我读他时非常高兴。不过我希望你……，因为你应当记得着，你把那些速写寄给什么人。教授辛简直是个疯子。

你不说宿舍里一共有八个人吗？怎么始终不告给我第七个是谁。你难道半个月以来还不同他相熟？照我想来这一定也有点原因。好好的告给我。

天保佑你。

瑗瑗

达士先生每当关着房门，记录这些专家的风度与性格到一个本子上去时，便发生一种感想："没有我这个医生，这些人会不会发疯?"其实这些人永远不会发疯，那是很明白的。并且发不发疯也并非他注意的事情，他还有许多必需注意的事。

他同情他们，可怜他们。因为他自以为是个身心健康的人。他预备好好的来把这些人物安排在一个剧本里，这自以为医治人类灵魂的医生，还将为他们指示出一条道路，就是凡不能安身立命的中年人，应勇敢走去的那条道路。他把这件事，描写得极有趣味的寄给那个未婚妻去看。

但这个医生既感觉在为人类尽一种神圣的义务，发现了七个同事中有六个心灵皆不健全，便自然引起了注意另外那一个健康人的兴味。事情说来希奇，另外那个人竟似乎与他"无缘"。那人的住处，恰好正在达士先生所住房间的楼上，从××大学欢迎宴会的机会中，那人因同达士先生座位相近，×校长短短的介绍，他知道那是经济学者教授庚。除此以外，就不能再找机会使两人成为朋友了。两人不能相熟自然有个原因。

达士先生早已发现了，原来这个人精神方面极健康，七个人中只有他当真不害什么病。这件事得从另外一个人来证明，就是有一个美丽女子常常来到寄宿舍，拜访经济学者庚。

有时两人在房里盘桓，有时两人就在窗外那个银杏树夹道上散步。那来客看样子约有二十五六岁，同时看来也可以说只有二十来岁。身材面貌皆在中人以上。最使人不容易忘记，就是一双诗人常说“能说话能听话”的那种眼睛。也便是这一双眼睛，因此使人估计她的年龄，容易发生错误。

这女人既常常来到宿舍，且到来以后，从不闻一点声息，仿佛两人只是默默的对坐着。看情形，两个人感情很好。达士先生既注意到这两个人，又无从与他们相熟，因此在某一时节，便稍稍滥用一个作家的特权，于一瞥之间从女人所得的印象里，想象到这个女子的出身与性格，以及目前同教授庚的关系。

> 这女子或毕业于北平故都的国立大学，所学的是历史，对诗词具有兴味，因此词章知识不下于历史知识。
>
> 这女子在家庭中或为长女。家中一定是个绅士门

阔，家庭教育良好，中学教育也极好。从×大学历史系毕业后，就来到××女子中学教书，每星期约教十八点钟课，收入约一百元左右。在学校中很受同事与学生敬爱，初来时，且间或还会有一个冒险的，不大知趣的，山东籍国文教员，给她一种不甚得体的殷勤。然而那一种端静自重的外表，却制止了这男子野心的扩张。还有个更重要的原因，便是北京方面每天皆有一个信给她，这件事从学校同事看来，便是"有了主子"的证明，或是一个情人，或是一个好友，便因为这通信，把许多人的幻想消灭了。这种信从上礼拜起始不再寄来，原来那个写信人教授庚已到了青岛，不必再寄什么信了。

这女人从不放声大笑，不高声说话，有时与教授庚一同出门，也静静的走去，除了脚步声音便毫无声响。教授庚与女人的沉默，证明两人正爱着，而且贴骨贴肉如火如荼的爱着。惟有在这种症候中两个人才能够如此沉静。

女人的特点是一双眼睛，它仿佛总时时刻刻警告人，提醒人。你看她，它似乎就在说："您小心一点，不要那么看我。"一个熟人在她面前说了点放肆话，有了点不庄重行动，它也不过那么看看。这种眼光能制止你行为的过分，同时又俨然在奖励你手足的撒野。它可以使俏皮角色诚实稳重，不敢胡来乱为，也能使老实人发生幻想，贪图进取。它仿佛永远有一种羞怯之光；这个光既代表贞洁，同时也就充满了情欲。

由于好奇，或由于与好奇差不多的原因，达士先生愿意有那么一个机会，多知道一点点这两人的关系。因为照他的观察来说，这两人关系一定不大平常，其中有问题，有故事。再则女的那一分沉静实在吸引着他，使他觉得非多知道她一点不可。而且仿佛那女人的眼光，在达士先生脑子里，已经起了那么一种感觉："先生，我知道你是谁。我不讨厌你。到我身边来，认识我，崇拜我，你不是个糊涂人，你明白，这个情形是命定的，非人力所能抗拒的。"这是一种挑战，一种沉默的挑战。然而达士先生却无所谓。他不过有点儿好奇罢了。

那时节，正是国内许多刊物把达士先生恋爱故事加以种种渲染，引起许多人发生兴味的时节。这个女人必知道达士先生是个什么人，知道达士先生行将同谁结婚，还知道许多达士先生也不知道的事，就是那种失去真实性的某一种铺排的极其动人的谣言。

达士先生来到青岛的一切见闻，皆告诉给那个未婚妻，上面事情同一点感想，却保留在一个日记本子上。

达士先生有时独自在大草坪散步，或从银杏夹道上山去看海，有三四次皆与那个经济学者一对碰头。这种不期而遇也可以说是什么人有意安排的。相互之间虽只随随便便那么点一点头各自走开，然而在无形中却增加了一种好印象。当达士先生从那个女人眼睛里再看出一点点东西时，他逃避了那一双稍稍有点危险的眼睛，散步时走得更远了一点。

他心想："这真有点好笑。若在一年前，一定的，目前的事会使我害一种很厉害的病。可是现在不碍事了。生活有了免疫性，那种令人见寒作热的病皆不至于上身了。"他觉得他的逃避，却只是在那里想方设法使别人不至于害那种病。因为那个女人原不宜于害病，那个教授庚，能够不害那一种病，自然更好。

可是每种人事原来皆俨然被一只看不见的手所安排。一切事皆在凑巧中发生，一切事皆在意外情形下变动。××学校的暑期学校演讲行将结束时，某一天，达士先生忽然得到一个不具名的简短信件，上面只写着这样两句话：

学校快结束了，舍得离开海吗？（一个人）

一个什么人？真有点离奇可笑。

这个怪信送到达士先生手边时，凭经验，可以看出写这个信的人是谁。这是一颗发抖的心同一只发抖的手，一面很羞怯，又一面在狡滑的微笑，把信写好亲自付邮的。不管这个人是谁，不管这个写得如何简单，不管写这个信的人如何措辞，达士先生皆明白那种来信表示的意义。达士先生照例不声不响，把那种来信搁在一个大封套里。一切如常，不觉得幸福也不觉得骄傲。间或也不免感到一点轻微惆怅。且因为自己那分冷静，到了明知是谁以后，表面上还不注意，仿佛多少总辜负了面前那年青女孩子一分热情，一分友谊。可是这仍然不能给他如何影响。假若沉静是他分内的行为，他始终还保持那分沉静。达士先生的态度，应当由人类那个习惯负一点责。应当由那个拘束人类行为，不许向高尚纯洁发展，制止人类幻想，不许超越实际世界，一个有势力的名辞负点责。达士先生是个订过婚的人。在“道德”名分下，把爱情的门锁闭，把另外女子的一切友谊拒绝了。

得到那个短信时，达士先生看了看，以为这一定又是一个什么自作多情的女孩子写来的。手中拈着这个信，一面想起宿舍中六个可怜的同事，心中不由得不侵入一点忧郁。

“要它的，它不来；不要的，它偏来。”这便是人生？他于是轻轻的自言自语说，“不走，又怎么样？一个真正古典派，难道还会成一个病人？便不走，也不至于害病！”很的确，就因事留下来，纵不走，他也不至于害病的。他有经验，有把握，是个不怕什么魔鬼诱惑的人。另外一时他就站过地狱边沿，也不眩目，不发晕。当时那个女子，却是个使人值得向地狱深阱跃下的女子。他有时自然也把这种近于挑战的来信，当成青年女孩子一种大胆妄为的感情的游戏，为了训练这些大胆妄为的女孩子，他以为不作理会是一种极好的处置。

瑗瑗：

我今天晚车回××。达。

达士先生把一个简短电报亲自送到电报局拍发后，看看时间还只五点钟。行期既已定妥，在青岛勾留算是最后一天了。记起教授乙那个神气，记起海边那种蚌壳。当达士先生把教授乙在海边拾蚌壳的一件事情告给瑗瑗时，回信就说：

不要忘记，回来时也为我带一点点蚌壳来。我想看看那个东西！

达士先生出了电报局，因此便向海边走去。

到了海水浴场，潮水方退，除了几个会骑马的外国人骑着黑马在岸边奔跑外，就只有两个看守浴场工人在那里收拾游船，打扫砂地。达士先生沿着海滩走去，低着头寻觅这种在白砂中闪放珍珠光的美丽蚌壳。想起教授乙拾蚌壳那副神气，觉得好笑。快要走到东端时，忽然发现湿砂上有谁用手杖斜斜的划着两行字迹，走过去看看，只见砂上那么写着：

这个世界也有人不了解海，不知爱海。也有人了解海，不敢爱海。

达士先生想想那个意思，笑了。他是个辨别笔迹的专家，认识那个字迹，懂得那个意义。看看潮水的印痕，便知道留下这种玩意儿的人，还刚刚离此不久。这倒有点古怪。难道这人就知道达士先生今天一早上会来海边，恰好先来这里留下这两行字迹？还是这人每天皆来到海边，写那么两行字，期望有一天会给达士先生见到？不管如何，这方式显然的是在大胆妄为以外，还很机伶狡狯的，达士先生皱眉头看了一会，就走开了。一面仍然低头走去，一面便保护自己似的想道："鬼聪明，你还是要失败的。你太年轻了，不知道一个人害过了某种病，就永远不至于再传染了！你真聪明，你这点聪明将来会使你在另外一件事情上成就一件大事业，但在如今这件事情上，应当承认自己赌输了！这事不是你的错误，是命运。你迟了一年。……"然而不知不觉，却面着大海一方，轻轻的抒了一口气。

不了解海，不爱海，是的。了解海，不敢爱海，是不是？

他一面走一面口中便轻轻数着："是——不是？不是——是？"

忽然间，砂地上一件新东西使他愣住了。那是一对眼睛，在湿砂上画好的一对美丽眼睛。旁边那么写着：

瞧我，你认识我！

是的，那是谁，达士先生认识得很清楚的。

一个爬砂工人用一把平头铲沿着海岸走来，走过达士先生身边时，达士先生赶着问："慢点走，我问你，你知不知道这是谁画的？"说完他把手指着那些骑马的人。那工人却纠正他的错误，手指着山边一堵浅黄色建筑物："哪，女先生画的！"

"你亲眼看见是个女先生画的？"

工人看看达士先生，不大高兴似的说："我怎不眼见？"

那工人说完，扬扬长长的走了。

达士先生在那砂地上一对眼睛前站立了一分钟，仍然把眉头略微皱了那么一下，沉默的沿海走去了。海面有微风皱着细浪。达士先生弯腰拾起了一把海砂向海中抛去。"狡猾东西，去了吧。"

十点二十分钟达士先生回到了宿舍。

听差老王从学校把车票取来，告给达士先生，晚上十一点二十五分开车，十点半上车不迟。

到了晚上十点钟，那听差来问达士先生，是不是要把他行李先送上车站去。就便还给达士先生借的那本《离婚》小说。达士先生会心微笑的拿起那本书来翻阅，却给听差一个电报稿，要他到电报局去拍发。那电报说：

> 瑗瑗：我害了点小病，今天不能回来了。我想在海边多住三天；病会好的。达士。

一件真实事情，这个自命为医治人类魂灵的医生，的确已害了一点儿很蹊跷的病。这病离开海，不易痊愈的，应当用海来治疗。

贤贤

贤贤在××大学女生中，年纪大致是顶小的一个。身体纤秀异常，脸庞小小的，白白的，圆圆的，似乎极宜于时时刻刻向人很和气的微笑。女同学中见到这女孩子样子很美，面貌带有稚气，自然不免看得轻而易与。但因为另外一种底原因，谁也不会有意使这女孩子下不去。

她住在第七号女生宿舍。当同房间三铺小铁床上，一大堆衣被下面，三个同学还各个张着大嘴打鼾时，贤贤很早的一个人就起身，把一切通通整理好了。那时她正拿了牙刷同手巾从盥洗间走回房里去，就见到新换来替工的那个小脚妇人，把扫帚搁到同学书桌上，却使用到自己桌上那把梳子，对准墙边架上一面铜边大镜，歪了一个大头，调理她的头发。贤贤走进房后，这不自弃的爱好的山东乡下妇人，才忙着放下梳子，抓了扫帚，很用力的打扫脚下的地板，似乎表明她对于职务毫不苟且，一定得极力把灰尘扬起，又才能证明她打扫的成绩。

贤贤一面匆匆忙忙的，用小刷子刷理那为妇人私下用过的梳子，一面就轻轻的说："娘姨，请你洒一点水再扫，轻一点，莫惊吵她们先生！"

这妇人好像一点不明白这些话的意义，又好像因为说话的是贤贤，就不应当认真，又好像记起自己的头发，也应得学小姐们的办法处治一下，才合道理，听到贤贤说话时，就只张开嘴唇，痴痴的望着这女孩子乌青的头发，同一堆头发下那张小小白脸出神。过一会，望到女孩子拉开了抽屉，把梳子收藏到一个小盆子里去后，再才记起了扫地的事，方赶忙把扫帚塞到一个女生床铺下，乱捞了两下，那么一来无意中就碰倒了一个瓶子之类，那空瓶子在地板上滚着，发出很大的声音，这妇人便显得十分忙乱，不知所措，把一个女生的皮鞋，拿到手上，用手掌抹了一下鞋尖同鞋底灰尘，又胡乱放到同学被盖上去。且面对贤贤，用一种下贱的丑相，略微伸了一下舌头。

贤贤一面望着，一面微笑，轻轻的喊着："娘姨！"

另外一个在床铺上把床铺压得轧轧有声的女生，为床铺下的空瓶子声音闹醒了，半朦胧的说："不要打扫吧，娘姨，你简直是用扫帚同地板打仗呀！”

另一床铺上另一女生，也在半朦胧中，听到这句话，且似乎感觉到呼吸中有些比空气较粗杂的灰尘了，便轻轻的哼了一声，也把床铺压得轧轧发响，用被头蒙着脑袋，翻了一个身，朝墙壁一面睡去了。

贤贤望到这种情形，又望到几个同学床铺上杂乱的衣服，笑了一笑，忽然忙忙取了一本书，同小獐鹿一样，轻捷的活泼的，出了那宿舍的房门，跑下楼梯到外边去了。

到了外边时，贤贤心想：“这早上空气，多香多甜！”她记起了什么书上形容到的句子，“空气如香槟酒”，就觉得十分好笑。“时间还不过六点半钟，离八点上课，整整的有一点半。空气这样好，只顾看书不顾看一切，那倒真是书呆子了。时间多着哪，与其坐到石堆上读书，还不如爬到山上去，看看海里那一汪咸水，同各处傍到山脚新近建筑完工的大小红瓦房子，这时是什么古怪景象，什么希奇颜色吧。”

她于是过了大坪，向山脚那条路上走去。走过了大坪，绕过了那行将建筑新房子炸出的石堆，再过去一点，却看到那边有个女同学，正坐在石头上读书。贤贤不欲打搅别人，心里打量：不凑巧，碰到这边来乱了别人，就赶忙退回，从另外一处上山的路走去。刚爬到山顶，在那大松树下站定，微微的喘着气，望着那一片浅蓝桃灰的大海，如一片融化的光辉煜煜的宝石颜色，带了惊讶的欢喜，只听到背后有人赶来的脚步声音，同喘息声音。

贤贤回头一看，先前那个女同学的红帽儿，就在白色的枯草后出现了。

“密司贤贤，你早！我看到你上来，怎么不喊我！”

“密司竹子，你真早！我看到你在山下念书，不好意思惊动你。”贤贤说着，稍稍有点不好意思，因为她同这个同学并不单独谈过玩过，这同学还是刚从上海转学来此不久的。

红帽子说：“我见到你上来了，我才敢上来。”

贤贤心想：“难道这种地方也有老虎咬人吗？或者是……？”

日头已从海里浮出来了一会儿，这时又钻进一片浅咖啡色的云层里去了，天上细云皆如薄红的桃花，四山皆成为银红色，近处的海也包围在一层银灰色带一点儿红色的雾里。远远的不知什么地方，有石匠在打石头，敲打得很有秩序。山下的房子都仿佛比平时小了许多，疏疏的，静静的，如排列无数玩具。两个人于是就坐到那松树下，为当前一切出神。

那红帽子女生，傍近贤贤立着，过了一会，便说道：

“密司贤贤，你戴我这顶红帽子，一定更美丽一点，试戴戴吧。”

贤贤正望到红屋，用小孩子天真的也有点儿顽皮的联想，估计到把这同学放到远处一点去，一定也像一个屋顶。听到同学所说的话，就望红帽子同学笑着，一时说不出话来，只是摇头。

红帽子同学，以为贤贤欢喜这顶帽子了，就把那顶帽子从头上摘下来，要亲自为贤贤戴一下。

贤贤说：“我不戴这个。戴到头上去，人家在那边山上望我们，会以为是一栋小房子。一定说：怎么，学校在什么时候，谁出得主意，盖了那么一座难看的亭子吗？”

红帽子同学一面笑着一面还是劝着，贤贤无办法了，就说：“我不欢喜你这顶帽子！”那同学，听到这坦白的话，俨然受了小小侮辱，抓了帽子回过头去，望了好一会后边的山景。

又过了一会，红帽子忽然同贤贤说：

“密司贤贤，有个故事很有趣，我听人说……”

贤贤一面看到海，从薄雾所笼罩的海面上点数小船，一面问：“是什么故事？”

“是有趣味的故事！”

“故事当然有趣，从谁听来的？”说着，心中却数着“第十九”。

红帽子停了一下，想想如何叙述这个故事。过后才说：“这故事从光华听来的。有一个出名的——或者说做小说出名的人爱了一个女人。”

贤贤正望到海面一点白帆，想着某一次同她哥哥在海边沙里走着，哥哥告她中国旧诗里，提到海上白帆的诗句，十分融和，觉得快乐，故显出欢喜的样子。又正想到这个礼拜盼望天气莫生变化，莫刮风，好同哥哥到海边去晒太阳读书或划小船趁潮玩。

那红帽子同学，以为贤贤专心在听她说故事，就装着为说故事而说故事的神气，先用手抓了一下面前的空气：“呀，这空气多美，我说，你听我说吧。好像是有那么一个人，一个小说家，爱了一个女人，这女人是谁？……是学生啦。”说了望到贤贤，看贤贤神气上这同学以为贤贤正在问“那结果？说下去吧”。于是她就又说：“自然要说下去的。这出名的人很好笑，在做小说很出名，在爱女人很傻气，他为女人写了三年信，说了多少可笑的话！（到这里时又好像答复贤贤一句问话似的，）自然有话说呀，譬如……一个小说家自然要多少空话有多少空话！可是女人怎样？照我想来女人是不会爱他的！为什么女人不爱他？这谁知道。总而言之，女人都不爱这种人，这不是女人的过错。谁能说这是女人的过错，知道的人多哪。他爱了这女人不算数，把聪明话说完后还说傻话：他将等十年。为什么等，等些什么，女人也不清楚。理想主义者，可不儿戏！可是这等是什么意思？等等就嫁他吗？谁知道是一种什么打算。他说的等候十年，这原是小说上的事情，这个人不作小说了，自己就来作小说上的人物。还有可笑的，……”

这时天空已不同了，薄薄的云已向天之四垂散去，天中心一抹深蓝，四周较浅较白，有一群雁鹅在高空中排成一条细细的线，缓缓的移动，慢慢的拉直又慢慢的扭曲。贤贤已默数了这东西许久，忽然得意的低低的嚷着笑着：“密司竹子，密司竹子，你看那一条线，一共七十九只！”

红帽子朝到贤贤手所指点处望去，便也看到了天上有些东西，却无从证明贤贤所说出的数目。看了一会，那同学说：“贤贤你会做诗吗？”

贤贤听到这一问就嗤的笑了。“我应当生活到一切可爱的生活里，还不适宜于关到房门，装成很忧愁很严肃的神气，写什么诗！”

过一下，贤贤又说：“密司竹子，你故事怎么了？我没有听到！”

“你不听到我再说一遍吧。”

这时雁鹅已入云中了，海上的白帆也隐了，贤贤就说：“有好故事怎么不说？”

红帽子说：“我说那个小说家爱女人，爱了三年不算傻，还要傻等十年，不知等些什么，你是到过南京北京的，不知你听到有这个故事没有？”

贤贤这次可注意听到了，心中希奇得很：“我不明白你说什么！”

于是红帽子又把那故事详详细细叙了一次。一面说，一面装作完全不知所说到的就是贤贤哥哥的事情那种神情，一面又偷偷的注意到天真烂熳的贤贤，看贤贤究竟知不知道这会事，若明白了，又应当如何说话，如何受窘。

贤贤说：“那男子你知道是谁呢？”

红帽子说：“谁知道？这不过是一个故事，只知道是小说家罢了。”

“那女子呢？”

“大概姓张吧。不是姓张就是姓李，我似乎听到人家那么说过。”

“名字呢?”

红帽子望到贤贤不作声，等一会儿才说:“我不清楚。”

“在什么地方念书?是光华吗?”

“在……不，不，在光华。不，不，我是从交大听来的。不，不，应当发生在别一处。”还想说点别的话又不好说，这红帽子便从贤贤眼色上搜寻了一会，估计这件事如何完结。显然的，在这人语气上稍稍有了点狼狈。她已经愿意另外谈一个题目了。她接着说:“天气真好!”说了便轻轻的叹了一口气，仍然同先前一样，伸手抓了一把空气，仿佛空气里有什么东西可捕捉似的。

贤贤说:“密司竹子，你的故事从谁人听来的?”

“从旁人听来的，不是同学，是老同学。”

“你同我说这个故事是什么意思?也告我一下。”

“没有什么意思，没有的，没有的，……”

贤贤很坦白的说:“这是我哥哥的故事，我不欲人家把哥哥当傻子，因为他的行为不应当为人看成傻子的!爱人难道是罪过吗?”

红帽子不知如何说下去了。从贤贤眼睛里，红帽子望出她自己的傻处，十分害羞，本应在这小女孩子面前开心，反而被人很坦白的样子所窘了，脸红的站起身来，一句话不说就跑了。

见到红帽子跑了，贤贤心想：“这人很古怪，为什么今天把哥哥事同我来说，看看不得好结果了，为什么就跑了。”她不过觉得这人古怪罢了，事情即刻也就忘掉了，因为她的年龄同性情，是不许她在这些不易索解的人事上多所追究的。

第一堂下课时，红帽子在甬道上见到了贤贤，脸即刻又绯红起来，着忙退回到那空课堂来。贤贤觉得奇异，走到门边去张望了一下，果然是红帽子，一个人坐在角隅里，低了头看手上抄本，像在默诵一样。

贤贤这女孩完全不明白人家是有意避她的，就走进去：“密司竹子，怎么不下楼去，你躲谁？为什么事情不理我了？”

红帽子头抬起来，害羞的笑着：“我下一堂还有课！”

贤贤毫不疑心这是一句谎话，自己就走了。

或人的太太

天气很冷。北京的深秋正类乎南方腊月。然而除了家中安置有暖汽管的阔人外，一般人家房子中是纵冷也还不能烧炉子。煤贵还只是一个不重要理由。不烧炉子的缘故，是倘若这时便有火烤，到冬天，漠北的风雪来时，就不好办了。

因为天气冷，不拘是公园中目下景致如何美，人也少。到公园的不一定是为了到公园来看花木，全是为看人，如今又还不到溜冰季节，可以供一般多暇的为看人而来的公子少爷欣赏的女人很少，女人少，公园生意坏下来，自然而然的了。公园中人少，在另一种地方人就渐渐多起来了——这地方是人人都知道的“市场”与“电影院”。

这个时候是下午三点时候，大街上，一些用电催着轮子转动的，用汽催着轮子转动的，用人的力量催着轮子转动的，用马的力量催着轮子转动的，车上载着的男男女女，有一半是因为无所事事很无聊的消磨这个下午而坐车的。坐在车上实际上也就是消磨时间的一种法子。然而到一个地方，一些人，必定会为一些非意思的约定下来的事情下了车子。当从西四牌楼到东四牌楼的电车停顿在中央公园前面，穿黑衣的大个儿卖票人喝着“公园”时，有两个人下了车子，这情形如出于无可奈何。然刚下车子的他们，走不到五步，卖票人嘘的一声哨子，黄木匣子似的电车又沿着地面钢轨慢慢走去运载另一些人到另一地方去了。

下车的是一对年青夫妇，并排的走进了公园大门，女的赶到卖票处买票。

同是卖票人，在电车上的，就急急忙忙跳上跳下像连搔痒也找不出空闲时间，公园中的卖票人，却伏在柜上打盹：倘若说，那一个生活是猴子生活，则这个人真可说是猫儿生活了。猫儿的悠闲是也正如此除了打盹以外无事可作的。

女人像是不忍惊醒这卖票人模样，虽把钱包中角子票取出，倒迟迟的不遽喊他。

“怎么?”男的说。

“睡着了。”

于是两个人就对到这打盹的隐士模样的事务员笑。

一个收票的巡警，先是正寂寞着从大衣的袋子里掏出一面小小镜子如同时下女人模样倚在廊柱间对镜自得，见到有人来，又见到来人虽把钱取出却不买票，知道是卖票人还未醒，就忙把镜子塞到衣袋里去，走到卖票门处来。

“嗨，怎么啦！”

给这么一喝，睡着正作着那吃汤圆的好梦的卖票人，忽然把汤圆碗掉在地上，气醒了。巡警见了所作事情已毕，就对这一对年青人表示一个北方仆人对上司极有礼貌的微笑，走过收票处去了。

“一碗——两碗？”他还不忘到汤圆是应论碗数，把入门票也应用到“碗”的上面。这人算是一个很可爱的人。

“是两张。”女人对于“碗”字却听不真，说是要两张。

“二六一十二，三十二枚。”一面用手按到那黄色票券一面说着在头脑中已成习的钱数的卖票人，用着令人见了以为是有过三天不睡觉的神气，望买票的一男一女，在卖票人心上，是在这样时节来到这地方的，总不是一对正式夫妇，就用一个惯用的姿势，在脸上漾着“我全知道”意思的微笑，这微笑，且在巡警脸上也有着，当女人在取票以及送票给那长脸巡警时，就全见到了。女人也就作另一种意义的笑。

把票交了后，一进去是三条路，脚步为了在三者之间不知选那一路最合意于他，本来走在先一点的她就慢下来了。

两人并排走，女的问：

“芝，欢喜打那一条路?”

“随便你。”

“随你便。”她似乎为这话生了点小气，却就照样又说转去。

“那就走左边。”

“好。”

他们走左边，从一个寂寞无人的卐字廊上走到平时养金鱼地方，见到几个工人模样汉子正在那里用铁丝兜子捞缸里的鱼，鱼从这缸到那另一可以收藏到温室的小缸里去，免得冬天冻坏，就停下来看。

“鱼全萎悴了，一到秋来就是这样子，真难看。”女的说，说了又去看男的，却见男的正在用手影去吓那鱼。但又似乎听到女人所说的话，就说“那我们走吧”。

于是他们俩走到有紫牡丹花处的水榭。牡丹花开时的水榭附近，人是不知数。这时除了他们俩，便是一些用稻草裹着的枯枝。人事变幻在这一对人心中生了凄凉，他们坐在这花坛边一处长凳上，互相觉得在他们的生活上，也是已经把那春天在一种红绿热闹中糟蹋干净，剩下的，到了目下一般的秋天了。虽然两人同时感到此种情形时，两人都不期而然把身靠拢了一点，然而这无法。身上接近心更分开了。分开了，离远了，所有的爱已全部用尽，若把生活比着条丝瓜，则这时他们所剩下来维系这瓜的形式的只是一些络了。这感觉在女人心中则较之男人更清楚。也因为更清楚这情形，一面恋着另一个人，一面又因为这眼前的人苦恼的样子，引出良心的惶恐，情欲与理智搅在一处，不知道所应走的究竟是那一种道路。她能从他近日的行为中看出他对自己的事多少有些了然的意思。他的忽然的常常在外面朋友处过夜，这事在她眼中便证出他所有的苦恼全是她所给。他在一种沉默的忧郁中常常发自己的气。她就明白全是作太太的不好所致。然而她将怎么样？她将从一种肉体生活上去找那赔礼的机会？她将在他面前去认罪？在肉体方面，作太太的正因为有着那罪恶憧憬的知觉在他心上，每一次的接近作太太的越觉热爱的情形也只能使他越敢于断定是她已悖了他在第二个男子身上作了那同样的事，因为抱惭才来在丈夫面前敷衍的心也更显。流看眼泪去承认这过错吧，则纵能因此可以把两人的感情恢复过来，但是那一边却全完了。若在这一边是认了过错，在那一边又复每一个礼拜悖了丈夫去同那面的人作那私秘的聚会，则这礼是空赔，更坏了。

男子这面呢？想到的却是非常伤心的一切。然而生就不忍太太过于难过的脾气，使他关于这类话竟一句不提。隐隐约约从一些亲友中，他知道了自己所号的地位，为这痛苦是痛苦过两个多月了。可是除了不得已从脸貌上给了太太以一点苦恼以外，索性对并不必客气的太太十分客气起来了。在这客气中，他使她更痛苦的情形，也便如她因这心中隐情对他客气使他难过一样。

她知道他是在为自己受着大的苦恼，他也知道她是为一种良心苦恼着：两人在这一种情形下更客气起来，但在一种客气下两人全是明白是在那里容让敷衍，也越多痛苦。

是这样，就分了手吧，又不能。凡事是可以"分手"了之的事，则纵不分手，所有的苦恼，也就是有限得很了。何况这又不是便能分手的事。分手的事在各人心中全不曾想到，他们结了婚已有了六年七年。且这结合的当初，虽说是也正如那类足以藉词于离婚的"老式家庭包办"法子，但以同样的年龄，同样的美丽身体，互相粘恋的合住了七年，在七年中全是在一种健康生活中过了，全没有可以说分手的原因！倘若说这各人容在心中的一点事为分手最好的原由，然而她能信得过另外的一个他爱她会比这旧伴为好？且作老爷的，虽然知道她是如所闻的把另外一个人当了情人，极热的在恋，然而他仍然就相信太太爱那情人未必能如爱自己的深。明知她爱别人未必如爱自己的深，却又免不了难堪，这就正是人生难解处，也就是佛说人这东西的蠢处。

一个人，自己每每不知道自己性格因为一种烦恼变化到怎样，然而他能在自己发昏中看出别人的一切来。一个在愁苦中人非常能同情别的愁苦的人，这事实要一个曾经苦过愁过的人就能举出证据来了。他便是这样。他见到她为种种事烦恼着，虽也能明白这烦恼一半是为自己作老爷的嫉妒样子以及另一个男子所给她的，但他因她另一半为一种良心引出的烦恼，就使他非常可怜她。

为怕对方的难堪，给一种幽渺的情绪所支配，全都不敢提到这事。全不提，则互相在心中怜着对方，又像这是两人的心本极接近了。

今天是太太在一个没有可以到另一个人处去的日子，寂寞在家里，老爷从一些言语上知道别的地方决没有人在等候她去，又觉得她是有了病，才把太太劝到公园来。到了公园，两人都愿意找一点话来谈，又觉得除了要说便应说那在心上保留到快要胀破血管的话以外再无其他的话。

柳树叶子在前一个礼拜还黄黄的挂在细枝条上，几天的风已全刮尽了。水榭前的池子水清得成了黑色，怕一交冬就要结冰了。他们在那里当路凳上坐着，经过二十分钟却还无一个行人从这儿过身。

作太太的心想着，假使是认错，在这时候一倒到他身上去，轻轻的哭诉过去的不对地方，马上会把一天云雾散尽。然而她同时想在她身边这人若是那另外的他，她将有说有笑的，所有对老爷的忧愁也全可以放到脑背后去了。

听到一只喜鹊从头叫飞过去，她抬起头看。抬起头才察觉他是像在想什么事情，连刚才喜鹊的声音也不曾听到。

“芝，病了吗?”

“不。”

“冷吗?”

“也不。”

“那是为什么事不愉快?”

“为什么事——我觉得我到近来常常是这样，真非常对不起你。”接着是勉强的作苦笑，且又笑笑的说，“原是恐怕你坐在家中生病，故同你到这儿来玩。”

笑是勉强又勉强，看得出，话也是无头无尾，忽而停止下来的。

“我看我们——”她再也不能说下去，想说的话全给一种不可当的悲痛压下，变成了一种呜咽，随即伏在他的肩上了。

“不要这样吧。我受不住了。人来了。这是为熟人看着要笑的。回去再哭吧！唉，我是也要……”把泪噙在眼中的他，一面幽幽的说，一面把太太的头扶起，红着眼的太太就把满是眼泪的眼睛望定了他，大的泪是一直向下流，像泄着的泉。

他不能这样看她的哭，也不愿把同样的情形给她看，就掉过头去，叹着气。

“你总能够相信我，我还不至如你以为我能作的事！”

听太太的话，也仍然不掉回头来。只答应说：“是。我信你。”又继续说：“我难道是愿意你因了我的阻止失去别的愉快吗？我只愿意你知道我性情。我不想用什么计策来妨害过你自由。你作你欢喜作的事，我不但并不反对，还存心在你背后来设法帮你的忙。不过我并不是什么顶伟大的人，我的好处也许是我的病。一个平凡的人所能感到的嫉妒，我也会感到，你若有时能为我设想，你就想想我这难堪的地位吧。……”

他哭了，然而他还有话说。他旋即便解释他在这两月来的苦楚，是怎样沉闷的度着每一日，又是怎样自恼着不能全然容忍致影响到她。总之他为了使她安心，使她知道他是还在怎样的爱她，又怎样的要她爱，找了两个多月还不能得到机会，这时是已经得到了。他的每一个字都如带得有一种毒，使她要忍不来只想大声哭。

“我知道是我的错。”在男的把话说到结末时，女人说，“如今我全承认了。”

“我并不是说你错。你做的事正是一个聪明女子做的事。听人说是你同他来往，我就知道结果你非爱他不可。他有可爱的地方，这不是我说醋话。一个女子同他除非是陌生，只要一熟就免不了要感觉到这人吸引的力量大。我也知道你并不是完全忘了我。不过我说过了，我不伟大，我是平常人，要我不感到痛苦，要我在知道你每一次收拾得很好时便是去赴那约定下来的聚会，仍然不伤心，却怎么办得到?”

仍然作苦笑的他，其实心中已经爽然泰然了，他说：“你说你的吧，我们这样一谈，一切便算一个梦，全醒了。”但他眼睛却仍然红着。他听她的话。她用一个已转成了喜悦调子的话为他说。

“我明白全事是我不对。认一千次错也不能赎回这过去行为。我看到你为我受苦，然而我又复为你苦着的样而受更大的苦，我身在这类乎生病的情形下我想到死的。我一死是万事干休了。我不明白我有什么权利和希望可以仍然活在这世界上，我不敢恨别一人，只恨我自己。我恨我是女人，又偏心不能够见了可爱的男子时竟不去爱他。我又并不是爱了他就不爱你，就在他顶热顶乐的拥抱中，亲嘴中，我那一回会忘了你呢。他吻我，我就在心上自己划算。唉，多可怜的芝呀！倘若是知道了这事，不是令他伤心么？他要我到床上去，我就想到离开那个地方，但是我不能不为那谄媚的言语同那牙色的精致身体诱惑！我如他所求的作了使他的满意的事以后，我就哭，我念记了一个人在办公桌上低头办公的你，我哭了。我就悔。我适间用了五分的爱便在后来用一倍的恨。但这又没有用处。我不能在三天以后再来抵抗第二个诱惑。他是正像五年前的你一样全个身心放在我这边。他也并不是就对你连不置意。正因了我们作的事是不大合情理的事，他是怕见你到十二分。你们的友谊是因了这件事完全毁了。他可怜你着，然而这消极的可怜不能使他放了我，因为不单他爱我，我也是爱他。我知道这样下去不是事，就劝他结婚，没效用。你要我怎么办？他要我一个礼拜去他那里一次，我是照办了。他要我少同你为一些小事争执，我是不在他说也就如此办了。他还要我爱他不必比爱你深切，这里我不能作伪。我爱他，用我的真心去爱他，我在此时是不用再讳的。但一个情人的爱决不会影响到丈夫身上。爱不是一件东西，因为给了另一个人便得把这东西从第一个人手上取得。同时爱这个也爱那个，这事是说不完只有天知道。我在你面前为你抱着时我当真有多回是想到他，不过在他的亲嘴下我也想到你。我先一个时节还是只觉得正因了有他我对你成了故事的新婚热情也恢复了。我感觉到有一个好丈夫以外还应有一个如意情人，故我就让他恋着我了。……”

…………

一切都说了。一切的事在一种顶了解的情绪下他听完了太太诉说。他觉得他先所知道的还不及事实一半，她呢，也自己料不到会如此一五一十的敢在他面前说完。两人在这样情形下都又来为自己的忍耐与大胆惊诧。他们随即是在这无人行走的冷道上成排走着，转到假山上去了。

“芝，你恕了我吧。”

“你并不作了别的不应作的事，我怎么说恕你?”

“这事算一个顶坏的梦，我知道他不久就走，以后我想我们两人便不会为别的——”

“他放你？我恐怕他不恕你。”

女的听到这话就昵着男的肩说这不是那么说。她又问他：

“那你恨不恨他?”

“你要我恨他，我就照你的方法恨他。”

太太羞羞的说她要他爱他。是的，一个太太爱上另一个男人，也有要丈夫还跟到去爱这男人的理由，这理由基于推己及人。然而他却答应照办了。

他们回家去吃饭时，像结婚第一年一个样子。但是她却偷偷悄悄的把一天情形写信给那个另外的他知道，还说以后再不必羞于见她的夫了。

绅士的太太

我不是写一个可以用你们石头打他的妇人，我是为你们高等人造一面镜子。

他们的家庭

一个曾经被人用各样尊敬的称呼加在名字上面的主人，国会议员，罗汉，猪仔，金刚，后来又是顾问，参议，于是一事不作，成为有钱的老爷了。

人是读过书，很干练的人，在议会时还极其雄强，常常极声厉色的与政敌论辩，一言不合就祭起一个墨盒飞到主席台上去，又常常做一点政治文章到《金刚月刊》上去发表，现在还只四十五岁。四十多岁就关门闭户做绅士，是因为什么原故，很少有人明白的。

绅士为了娱悦自己，多数念点佛，学会静坐，会打太极拳，能谈相法，懂鉴赏金石书画，另外的事情，就是喝一点酒，打打牌。这个绅士是并不把自己生活放在例外的地位上去的，凡是一切坏绅士的德性他都不会缺少。

一栋自置的房子，门外有古槐一株，金红大门，有上马石安置在门外边（因为无马可上，那石头，成为小贩卖冰糖葫芦憩息的地方了）。门内有门房，有小黑花哈叭狗，门房手上弄着两个核桃，又会舞石槌，哈叭狗成天寂寞无事可作，就蹲到门边看街。房子是两个院落的大小套房子，客厅里有柔软的沙发，有地毯，有写字台，壁上有名人字画，红木长桌上有古董玩器，同时也有打牌用的一切零件东西。太太房中有小小宫灯，有大铜床，高镜台，细绢长条的仕女画，极精致的大衣橱。僻处有乱七八糟的衣服，有用不着的旧式洋伞草帽，以及女人的空花皮鞋。

绅士有个年纪不大的妻，有四个聪明伶俐的儿女，妻曾经被人称赞过为美人，儿女都长得体面干净，因为这完全家庭，这主人，培养到这逸乐安全生活中，再无更好的理由拒绝自己的发胖了。

绅士渐渐胖下来，走路时肚子总先走到，坐在家中无话可说时就打呼睡觉，吃东西食量极大，谈话时声音滞呆，太太是习惯了，完全不感觉到这些情形是好笑的。用人则因为凡是有钱的老爷天南地北都差不多是这个样子，也就毫不引起惊讶了。对于绅士发生兴味的，只有绅士的儿子，那个第三的，看到爹爹的肚子同那神气，总要发笑的问，这里面是些什么东西。绅士记得苏东坡故事，就告给儿子，这是满腹经纶。儿子不明白意思，请太太代为说明，遇到太太兴致不恶的时节，太太就告给儿子说这是“宝贝”，若脾气不好，不愿意在这些空事情上唠叨，就大声喊奶妈，问奶妈为什么尽少爷牙痛，为什么尽少爷头上长疙瘩。

少爷大一点是懂事多了的，只爱吃零碎，不欢喜谈空话，所以做母亲的总是欢喜大儿子。大少爷因为吃零碎太多，长年脸庞黄黄的，见人不欢喜说话，读书聪明，只是非常爱玩，九岁时就知道坐到桌子边看牌，十岁就会“挑土”，为母亲拿牌，绅士同到他太太都以为这小孩将来一定极其有成就。

绅士的太太，为绅士养了四个儿子，还极其白嫩，保留到女人的美丽，从用人眼睛估计下来，总还不上三十岁。其实三十二岁，因为结婚是二十多，现在大少爷已经是十岁了。绅士的儿子大的十岁，小的三岁，家里按照北京做官人家的规矩，每一个小孩请娘姨一人，另外还有车夫，门房，厨子，做针线的，抹窗子扫地的，一共十一个下人。家里常常有客来打牌，男女都有，把桌子摆好，人上了桌子，四双白手争到在桌上洗牌，抱引小少爷的娘姨就站到客人背后看牌，待到太太说，娘姨，你是看少爷的，怎么尽呆到这里？这三河县才像记起了自己职务，把少爷抱出外面大街，看送丧事人家大块头吹唢呐打鼓打锣去了。引少爷的娘姨，厨子娘姨，虽不必站在桌边看谁输赢，总而言之是知道到了晚上，汽车包车把客人接走以后，太太是要把人喊在一处，为这些下等人分派赏号的。得了赏号这些人就按照身分，把钱用到各方面去，厨子照例也欢喜打一点牌，门房能够喝酒，车夫有女人，娘姨们各个还有瘦瘦的挨饿的儿子，同到一事不作的丈夫，留在乡下，靠到得钱吃饼过日子。太太有时输了，不大高兴，大家就不做声，不敢讨论到这数目，也不敢在这数目上作那种荒唐打算，因为若是第二次太太又输，手气坏，这赏号分给用人的，不是钱，将只是一些辱骂了。实在说来使主人生气的事情也太多了，这些真是完全吃闲饭的东西，一天什么事也不作，什么也不能弄得清楚，这样人多，还是胡胡涂涂，有客来了，喊人摆桌子也找不到，每一个人又都懂得到分钱，不忘记伸手。太太是常常这样生气骂人的，用人从不会接嘴应声，人人皆明白骂一会儿，回头不是客来就是太太到别处去做客，太太事情多，不会骂得很久，并且不是输了很多的钱也不会使太太生气，所以每个下人都懂得做下人的规矩，对于太太非常恭敬。

太太是很爱儿子的，小孩子哭了病了，一面打电话请医生，一面就骂娘姨，因为一个娘姨若照料得尽职，像自己儿子一样，照例小孩子是不大应当害病爱哭的。可是做母亲的除了有时把几个小孩子打扮得齐全，引带小孩子上公园吃点心看花以外，自己小孩子是不常同母亲接近的。另外时节母亲事情都像太多了，母亲常常有客，常常做客，平时又有许多机会同绅士吵嘴抖气，小孩子看到母亲这样子，好像也不大愿意亲近这母亲了。有时顶小的少爷，一定得跟到母亲做客，总得太太装成生气的样子骂人，于是娘姨才能把少爷抱走。

绅士为什么也缺少这涵养，一定得同太太吵闹给下人懂到这习惯？是并不溢出平常绅士家庭组织以外的理由。一点点钱，一次做客不曾添制新衣，更多次数的，是一种绅士们总不缺少的暧昧行为，太太从绅士的马褂袋子里发现了一条女人用的小小手巾，从朋友处听到了点谣言，从娘姨告诉中知道了些秘密，从汽车夫处知道了些秘密，或者，一直到了床上，发现了什么，都得在一个机会中把事情扩大，于是骂一阵，嚷一阵，有眼睛的就流眼泪，有善于说谎赌咒的口的也就分辩，发誓，于是本来预备出去做客也就不去了，本来预备睡觉也睡不成了。哭了一会的太太，若是不甘示弱，或遇到绅士恰恰有别的事情在心上，不能采取最好的手段赔礼，太太就一人出去到别的人家做客去了，绅士羞惭在心，又不无小小愤怒，也就不即过问太太的去处。生了气的太太，还是过相熟的亲戚家打牌，因为有牌在手上，纵有气，也不是对于人的气了。过一天，或者吵闹是白天，到了晚上，绅士一定各处熟人家打电话，问太太在不在。有时太太记得到这行为，正义在自己身边，不愿意讲和，就总预先嘱咐那家主人，告给绅士并不在这里。有时则虽嘱咐了主人，遇到公馆来电话时，主人知道是绅士想讲和了，总仍然告给了太太的所在地方，于是到后绅士就来了，装作毫无其事的神气，问太太输赢，若旁人说赢了，绅士不必多说什么，只站在身后看牌，到满圈，绅士一定就把太太接回家了。若听到人说输了呢，绅士懂得自己应做的事，是从皮包里甩一百八十的票子，一面放到太太跟前去，一面挽了袖子自告奋勇，为太太扳本。既然加了股份，太太已经愿意讲和，且当到主人面子，不好太不近人情，自然站起来让坐给绅士。绅士见有了转机，虽很欢喜的把大屁股贴到太太坐得热巴巴的椅子上去，仍然不忘记说“莫走莫走，我要你帮忙，不然这些太太们要欺骗我这近视眼！”那种十分得体的趣话，主人也仿佛很懂事，听到这些话总是打哈哈笑，太太再不好意思走开，到满圈，两夫妇也仍然就回家了。遇到各处电话打过，太太的行动还不明白时节，主人照例问汽车夫，照例汽车夫受过太太的吩咐，只说太太并不让他知道去处，是要他送到市场就下了车的。绅士于是就坐了汽车各家去找寻太太。每到一个熟人的家里，那家公馆里仆人，都不以为奇怪，公馆中主人，姨太太，都是自己才讲和不久，也懂得这些事情，男主人照例袒护绅士，女主人照例袒护太太，同这绅士来谈话。走到第二家，第三家，有时是第七家，太太才找着。有时找了一会，绅士新的气愤在心上慢慢滋长，不愿意再跑路了，吼着要回家（或索性到那使太太出走的什么家中去玩了一趟）。回到家中躺在柔软的大椅子上吸烟打盹，这方面一坚持，太太那方面看看无消息，有点软弱惶恐了，或者就使那家主人打电话回家来，作为第三者转圜，使绅士来接，或者由女主人伴送太太回家，且用着所有绅士们太太的权利，当到太太把绅士教训了一顿。绅士虽不大高兴，既然见到太太归来了，而且伴回来的又正说不定就是在另一时方便中也开了些无害于事的玩笑过的女人，到这时节，利用到机会，把太太支使走开，主客相对会心的一笑，大而肥厚的柔软多脂的手掌，把和事老小小的善于搅牌也善于做别的有趣行为的手捏定，用人不在客厅，一个有教养的绅士，总得对于特意来做和事老的人有所答谢，一面无声的最谨慎的做了些使和事老忍不着笑的行为，一面又柔声的喊着太太的小名，用“有客在怎么不出来”这一类正义相责，太太本来就先服了输，这时又正当到来客，再不好坚持，就出来了。走出来了，谈了一些空话，因为有了一主一客，只须再来两个就是一桌，绅士望到客人做了一个会心的微笑，赶忙去打电话邀人，坐在家里发闷的女人正多，自然不到半点钟，这一家的客厅里又有四双洁白的手同几个放光的钻戒在桌上唏唎哗喇乱着了。

关于这家庭战争，由太太这一面过失而起衅，由太太这一面错误来出发，这事是不是也有过？也有过。不过男子到底是男子，一个绅士，学会了别的时候以前先就学会了对这方面的让步。所以除了有时无可如何才把这一手拿出来抵制太太，平常时节是总以避免这冲突为是的。因为绅士明白每一个绅士太太，都在一种习惯下，养成了一种趣味，这趣味有些人家是在相互默契情形下维持到和平的，有些人家又因此使绅士得了自由的机会，总而言之太太们这种好奇的趣味，是可以使绅士阶级把一些友谊僚谊更坚固起来的，因这事实绅士们装聋装哑过着和平恬静的日子，也就大有其人了。这绅士太太，是缺少这样把柄给丈夫拿到，所以这太太比其余公馆的太太更使绅士尊敬畏惧了。

另外一个绅士的家庭

因为做客，绅士太太做到西城一个熟人家中去。

也是一个绅士，有姨太太三位，儿女成群，大女儿在大学念书，小女儿在小学念书，有钱有势，儿子才从美国回来，即刻就要去新京教育部做事。绅士太太一到这人家，无论如何也有牌打，因为没有客这个家中也总是一桌牌。小姐从学校放学回来，争着为母亲替手，大少爷还在候船，也常常站到庶母后面，间或把手从隙处插过去，抢去一张牌，大声吼着，把牌掷到桌上去。绅士是因为疯瘫，躺到藤椅上哼，到晚饭上桌时，才扶到桌边来吃饭的。绅士太太是到这样一个人家来打牌的。

到了那里，看到瘫子，用自己儿女的口气，同那个废物说话：

“伯伯这几天不舒服一点吗？”

“好多了。谢谢你们那个橘子。”

“送小孩子的东西也要谢吗？伯伯吃不得酸的，我那里有人从上海带来的外国苹果，明天要人送点来。”

“不要送，我吃不得。××近来忙，都不过来。”

“成天同和尚来往。”

“和尚也有好的，会画会诗，谈话风雅，很难得。”

自己的一个姨太太就笑了，因为她就同一个和尚有点熟。这太太是不谈诗画不讲风雅的，她只觉得和尚当真也有好人，很可以无拘束的谈一些话。

那从美利坚得过学位的大少爷，一个基督教徒，就说：

“和尚都该杀。”

绅士把眼睛一睁，很不平了：

“怎么，乱说！佛同基督有什么不同吗？不是都要渡世救人吗？”

少爷记起父亲是废物了，耶稣是怜悯老人的，取了调和妥协的神气：“我说和尚不说佛。”

姨太太A说：“我不知道你们男人为什么都恨和尚。”

这少爷正想回话，听到外面客厅一角有电话铃响，就奔到那角上接电话去了。这里来客这位绅士太太就说：“伯伯媳妇怎么样？”废物不作声，望到大小姐，因为大小姐在一点钟以前还才同爹爹吵过嘴。大小姐笑了。大小姐想到这件事，就笑了。

姨太太B说："看到相片了，我们同大小姐到他房里翻出相片同信，大小姐读过笑得要不得。还有一个小小头发结子，不知是谁留下的，还有……"

姨太太C不知为什么红了脸，借故走出去了。

大小姐追出去："三孃[1]，婶婶来了，我们打牌！"

绅士太太也追出去，走到廊下，赶上大小姐："慢走，我同你说。"

大小姐似乎懂得所说的意思了，要绅士太太走过那大丁香树下去。两人坐到那小小绿色藤椅上去，两人互相望着对方白白的脸同黑黑的眼珠子，大小姐笑了，红脸了，伸手把绅士太太的手捏定了。

"婶婶，莫逼我好吧。"

"逼你什么？你这丫头，那么聪明，你昨天装得使我认不出是谁了。我问你，到过那里几回了？"

"婶婶你到过几回？"

1．三孃，孃，读作niāng。湘西方言，称姑母为孃，三孃，即三姑。

“我问你！”

“只到过三次，万千莫告给爹爹！”

“我先想不到是你。”

“我也不知道是婶婶。”

“输了赢了?”

“输了不多。姨姨输二千七百，把戒子也换了，瞒到爹爹。”

“几姨?”

“就是三孃。”

三孃正在院中尖声唤大小姐，到后听到这边有人说话，也走到丁香花做成的花墙后面来了。见到了大小姐同绅士太太，就说：“请上桌子，摆好了。”

绅士太太说：“三孃，你手气不好，怎么输很多钱。”

这妇人为妓女出身，会做媚笑，就对大小姐笑，好像说大小姐不该把这事告给外人。但这姨太太一望也就知道绅士太太不是外人了，所以说：“××去不得，一去就输，还是大小姐好。”又问：“太太你常到那里?”绅士太太就摇头，因为她到那里是并不为赌钱的，只是监察到绅士丈夫，这事不能同姨太太说，不能同大小姐说，所以含混过去了。

他们记起牌已摆上桌子了，从花下左边小廊走回内厅，见到大少爷在电话旁拿着耳机，说洋话，疙疙瘩瘩，大小姐听得懂是同女人说的话，就嘻嘻的笑，两个妇人皆莫名其妙，也好笑。

四个人哗喇哗喇洗牌，分配好了筹码，每人身边一个小红木茶几，上面摆纸烟，摆细料盖碗，泡好新毛尖茶，另外是小磁盘子，放得有切成小片的美国橘子。四个人是主人绅士太太，客人绅士太太，姨太太 B，大小姐。另外有人各人背后站站，谁家和了就很伶俐的伸出白白的手去讨钱，是“做梦”的姨太太 C。废人因为不甘寂寞，要把所坐的活动椅子推出来，到厅子一端，一面让姨太太 A 捶背，一面同打牌人谈话。

大少爷打完电话，穿了洋服从厅旁过身，听到牌声洗得热闹，本来预备出去有事情，也在牌桌边站定了。

“你们大学生也打牌!”

“为什么不能够陪妈陪婶婶?”

客人绅士太太就问大少爷：“春哥，外国有牌打没有?”

主人绅士太太笑了：“岂止有牌打，我们这位少爷还到美国做教师，那些洋人送他十块钱一点钟，要他指点!”

“当真是这样我将来也到美国去。”

大小姐说：“要去等我毕业了，我同婶婶一路去。我们可以……慢点慢点，一百二十副。妈你为什么不早打这张麻雀，我望这麻雀望了老半天了，哈哈，一百二！”说了，女人把牌放在嘴边亲了那么一下，表示这幺索同自己的感情。

母亲像是不服气样子，找别的岔子：“玉玉，怎么一个姑娘家那么野?”

大小姐不做声，因为大少爷捏着她的膀子，要代一个庄，大小姐就嚷：“不行不行，人家才第一个上庄!”

大少爷到后坐到母亲位置上去，很热心的洗着牌，很热心的叫骰子，和了一牌四十副，才哼着美国学生所唱的歌走去了。

这一场牌一直打到晚上，到后又来了别的一个太太，二姨太让出了缺，仍然是五个人打下去。到晚饭时许多鸡鸭同许多精致小菜摆上了桌子，在非常光亮的电灯下，打牌人皆不必调换位置，就仍然在原来座位上吃晚饭。废人也镶拢来了，问这个那个的输赢，吃了很多的鱼肉，添了三次白饭，还说近来厨子所做的菜总是不大合口味，因为在一钵鸡中发现了一只鸡脚没有把外皮剥去，就叫厨子来，骂了一些吃冤枉饭的大人们照例骂人的话，说是怎么这东西还能给人吃，要把那鸡收回去，厨子把一个大磁盆拿回到灶房，看看所有的好肉已经吃尽，也就不说什么话，回头上房喊再来点汤，于是又在那煨鸡缸里舀了一盆清汤送上去了。

吃过了晚饭，晚上的时间觉得尚长，大小姐明早八点钟得到学校去上课，做母亲的把这个话提出来，在客人面前不大好意思同母亲作对，于是退了位，让姨太太C来补缺，四人重新上了场，不过大小姐站到母亲身后不动，一遇到有牌应当上手时，总忽然出人意外的飞快的把手从母亲肩上伸到桌中去，取着优美的姿势，把牌用手一摸，看也不看，嘘的一声又把牌掷到桌心去。母亲因为这代劳的无法拒绝，到后就只有让位了。

八点了，二少爷三小姐三少爷不忘记姐姐日里所答应的东道，选好了××主演的《妈妈趣史》电影，要大小姐陪到去做主人。恰恰一个大三元为姨太太C抢去单吊，非常生气，不愿意再打，就伴同一群弟妹坐了自己汽车到××去看影戏去了，主人绅士太太仍然又上了桌子。

大少爷回来时，废物已回到卧房去睡觉去了。大少爷站到姨太太C身后看牌，看了一会，走去了。姨太太C到后把牌让姨太太B打，说要有一点事，也就走去了。

于是客人绅士太太一面砌牌一面说："伯母，你真有福气。"

主人绅士太太说："吵闹极了，都像小孩子。"

另外来客也有五个小孩，就说："把他们都赶到学校去也好，我有三个是两个礼拜才许他们回来一次的。"这个妇人却料不到那个大儿子每星期到××饭店跳舞两次。

"家里人多也好点。"

"我们大少爷过几天就要去南京，做什么'边事'，不知边些什么。"

"有几百一个月？"

"听说有三百三，三百三他那里够，好的是也可以找钱，不要老子养他了。"

"他们都说美国回来好，将来大小姐也应当去。"

"她说她不去美国，要去就去法国。法国女人就只会妆扮，这个丫头爱好。"

轮到绅士太太，做梦赋闲了，站到红家身后看了一会，又站到痞家身后看了一会，吃了些糖松子儿，又喝了口热茶，想出去方便一下，就从客厅出去，过东边小院子。过圆门。过长廊。那边偏院辛夷树开得花朵动人，在月光里把影子通通映在地下，非常有趣味。辛夷树那边是大少爷的书房，听到有人说话，引起了一点好奇的童心，就走过那边窗下去，只听到一个极其熟习的女人笑声，又听到说话，声音很小；像在某一种情形下有所争持。

“小心一点，……”

“你莫把手挡着，我就……”

听了一会，绅士太太忽然明白这里是不适宜于站立的地方，脸上觉得发烧，悄悄的又走回到前面大院子来，月亮挂到天上，有极小的风吹送花香，内厅里不知是谁一个大牌和下了，只听到主客的喜笑与搅牌的热闹声音，绅士太太想起了家里的老爷，忽然不高兴再在这里打牌了。

听到里面喊丫头，知道是在找人了，就进到内厅去，一句话不说，镶到主人绅士太太的空座上去补缺，两只手皆放到牌里去乱合。

不到一会儿，姨太太 C 来了，悄静无声的，极其矜持的，站到另外那个绅士太太背后，把手搁到椅子靠背上，看大家发牌。

另外一个绅士太太，一面打下一张筒子，一面鼻子皱着，说：“三孃，你真是使人要笑你，怎么晚上也擦得一身这样香。”

姨太太 C 不做声，微微的笑着，又走到客人绅士太太背后去。绅士太太回头去看姨太太 C，这女人就笑，问赢了多少。绅士太太忽然懂到为什么这人的身上有浓烈的香味了，把牌也打错张了。

绅士太太说："外面月亮真好，我们打完这一牌，满圈了，出去看月亮。"

姨太太 C 似乎从这话中懂得一些事情，用齿咬着自己的红红嘴唇，离开了牌桌，默默的坐到较暗的一个沙发上，把自己隐藏到松软的靠背后去了。

一点新的事情

××公馆大少爷到东皇城根绅士家来看主人，主人不在家，绅士太太把来客让到客厅里新置大椅上去。

"昨天我以为婶婶会住到我家里的，怎么又不打通夜?"

"我恐怕我们家里小孩子发烧要照应。"

"我还想打四圈，那晓得婶婶赢了几个就走了。"

"那里，你不去南京，我们明天又打。"

"今天就去也行，三孃总是一角。"

"三孃同……"绅士太太忽然说滑了口，把所要说的话都融在一个惊讶中，她望到这个整洁温雅的年青人呆着，两人互相皆为这一句话不能继续开口了。年青人狼狈到无所措置，低下了头去。

过了一会大少爷发现了屋角的一具钢琴，得到了救济，就走过去用手按琴键，发出高低的散音。小孩子听到琴声，手拖娘姨来到客厅里，看奏琴，绅士太太把小孩子抱在手里，叫娘姨削几个梨子苹果拿来，大少爷不敢问绅士太太，只逗着小孩，要孩子唱歌。

到后两人坐了汽车又到××废物公馆去了，在车上，绅士太太，很悔自己的失言，因为自己也还是年青人，对于这些事情，在一个二十六七岁的晚辈面前，做长辈的总是为一些属于生理上的种种，不能拿出长辈样子，这体面的年青人，则同样也因为这婶婶是年青女人，对于这暧昧情形有所窘迫，也感到无话可说了。车到半途，大少爷说："婶婶，莫听他们谣言。"绅士太太就说："你们年青人小心一点。"仍然不忘记那从窗下听来的一句话，绅士太太把这个说完时，自己觉得脸上发烧得很，因为两个人是并排坐得那么近，身体的温皆互相感到，年青人，则从绅士太太方面的红脸，起了一种误会，他那聪明处到这时仿佛起了一个新的合理的注意，而且这注意也觉得正是救济自己一种方法，到了公馆，下车时，先走下去，伸手到车中，一只手也有意那么递过来，于是轻轻的一握，下了车，两人皆若为自己行为，感到了一个憧憬的展开扩大，互相会心的交换了一个微笑。

到了废物家，大少爷消失了，不到一会又同三嬢出现了。绅士太太觉得这三孃今天特别对他亲切，在桌边站立，拿烟拿茶剥果壳儿，两人望到时，就似乎有些要说而不必用口说出的话，从眼睛中流到对方心里去，绅士太太感到自己要做一个好人，要为人包瞒打算，要为人想法成全，要尽一些长辈所能尽的义务：这是为什么？因为从三孃的目光里，似乎得到一种极其诚恳的信托，这妇人，已经不能对于这件事不负责任了。

大小姐已经上坤范女子大学念书去了，少爷们也上学了，今天请了有两个另外的来客，所以三孃不上场，到绅士太太休息时，三孃就邀绅士太太到房里去，看新买的湘绣。两人刚走过院子，望见偏院里辛夷，开得如红火，一大树花灿烂夺目，两人皆不知忌讳走到树下去看花。

“昨夜里月光下这花更美。”绅士太太在心上说着，微微的笑。

“我想不到还有人来看花！”姨太太C也这样想着，微微的笑。

书房里大少爷听到有人走路声音，忙问是谁。

绅士太太说：“××，不出去么？”

“是婶婶吗？请进来坐坐。”

“太太就进去看看，他很有些好看的画片。”

于是两个妇人就进到这大少爷书房了，一个并不十分阔大的卧室，四壁裱得极新，小小的铜床，小小的桌子，四面皆是书架，堆满了洋书，红绿面子，印金字，大小不一，似乎才加以整理的神情，稍稍显得凌乱。床头一个花梨木柜橱里，放了些女人用的香料，一个高脚维多利亚式话匣子，上面一大册安置唱片的本子，本子上面一个橘子，橘子边旁一个烟斗。大少爷正在整理一个像小钟一类东西，那东西就搁到窗前桌上。

“有什么用处?”

“无线电盒子，最新从美国带回的，能够听上海的唱歌。”

“太太，大少爷带得一个小闹表，很有趣味。”

“哎呀，这样小，值几百?”

“一百多块美金，婶婶欢喜就送婶婶。”

“这怎么好意思，你只买得这样一个，我怎么好拿。”

“不要紧，婶婶拿去玩，还有一个小盒子，这种表只有美国一家专利，若是坏了，拿到中央表店去修理，不必花钱，因为世界凡是代卖这钟表公司出品的都可以修理。”

“你留到自己玩吧，我那边小孩子多，掉到地下也可惜了。”

“婶婶真是当做外人。”

绅士太太无话可说。因为姨太太C已经把那个表放到绅士太太手心里，不许她再说话了。这女人，把人情接受了，望一望全房情景，像是在信托方面要说一句话，就表示大家可以开诚布公作商量了，就悄悄的说道：

“三嬢，你听我说一句话，家里人多了，凡事也小心一点。”

三嬢望到大少爷笑：“我们感谢太太，我们不会忘记太太对我们的好处。”

大少爷，这美貌有福的年轻人，无话可说，正翻看到一本日日放在床头的英文《圣经》，不做声，脸儿发着烧，越显得娇滴滴红白可爱，忽然站起来，对绅士太太作了三个揖，态度非常诚恳，用一个演剧家扮演哈孟雷特青年的姿势，把绅士太太的左手拖着，极其激动的向绅士太太说道：

“婶婶的关心地方，我不会忘记到脑背后。”

绅士太太右手捏着那钮扣大的小表，左手被人拖着，也不缺少一个剧中人物的风度，谦虚的而又温和的说：“小孩子，知道婶婶不是妨碍你们年青人事情就行了，我为你们耽心！我问你，什么时候过南京有船？”

“我不想去，并不是没有船。”

"母亲也瞒到?"

"母亲只知道我不想去，不知道为什么事情，她也不愿意我就走，所以帮同瞒到老瘫子说是船受检查，极不方便。"

绅士太太望望这年青侄儿，又望望年青的姨太太C，笑了:"真是一对玉合子。"

三孃不好意思，也哧的笑了。"太太，今夜去××试试赌运，他们那里主人还会做很好的点心，特别制的，不知尝过没有?"

"我不欢喜大数目，一百两百又好像拿不出手——××，美国有赌博的?"

"法国美国都有，我不知道这里近来也有了，以前我不听到说过。婶婶也熟习那个吗?"

"我是悄悄的去看你的叔叔，我装得像妈子那样带一副墨眼镜，谁也不认识，有一次我站到我们胖子桌对面，他也看不出是我。"

"三孃今天晚上我们去看看，婶婶莫打牌了。假装有事要回去，我们一道去。"

姨太太C也这样说:"我们一道去。到那里去我告给太太巧方法扎七。"

事情就是这样定妥了。

到了晚上约莫八点左右，绅士太太不愿打牌了，同废物谈了一会话，邀三孃送她回去，大少爷正有事想过东城，搭乘了绅士太太的汽车，三人一道儿走。汽车过长安街，一直走，到哈德门大街了，再一直走，汽车夫懂事，把车向右转，因为计算今天又可以得十块钱特别赏赐，所以乐极了，把车也开快许多了。

三人到××，留在一个特别室中喝茶休息，预备吃特制点心，三姨太太悄悄同大少爷说了几句话，扑了一会粉，对穿衣镜整理了一会头发，说点心一时不会做来，先要去试试气运，拿了皮篋想走。

绅士太太说："三孃你就慌到输！"

大少爷说："三孃是不怕输的，顶爽利，莫把皮篋也换筹码输去才好。"

姨太太C走下楼去后，小房中只剩下两个人。两人说了一会空话，年青人记起了日里的事情，记起同姨太太C商量得很好了的事情，感到游移不定，点心送来了。

"婶婶吃一杯酒好不好?"

"不吃酒。"

"吃一小杯。"

"那就吃甜的。"

“三孃也总是欢喜甜酒。”

当差的拿酒去了，因为一个方便，大少爷走到绅士太太身后去取烟，把手触了她的肩。在那方，明白这是有意，感到可笑，也仍然感到小小动摇，因为这贵人记起日里在车上的情形，且记起昨晚上在窗下窃听的情形，显得拘束，又显得烦懑了，就说：

“我要回去，你们在这里吧。”

“为什么忙?”

“为什么我到这里来?”

“我同婶婶要说一句话，又怕骂。”

“什么话?”

“婶婶样子像琴雪芳。”

“说瞎话，我是戏子吗?”

“是三孃说的，说美得很。”

“三孃顶会说空话。”虽然这么答着，侧面正是一个镜台，这绅士太太，不知不觉把脸一侧，望到镜中自己的白脸长眉，温和的笑了。

男子低声的蕴藉的笑着，半天不说话。

绅士太太忽然想到了什么的神情，对着了大少爷：“我不懂你们年青人做些什么鬼计。”

“婶婶是我们的恩人，我……”那只手，取了攻势，伸过去时，受了阻碍。

女人听这话不对头，见来势不雅，正想生气，站在长辈身分上教训这年青人一顿，拿酒的厮役已经在门外轻轻的啄门，两人距离忽然又远了。

把点心吃完，到后两人用小小起花高脚玻璃杯子，吃甜味橘子酒。三姨太太回来了，把皮箧掷到桌上，坐到床边去。

绅士太太问：“输了多少?”

三孃不作答，拿起皮箧欢欢喜喜掏出那小小的精巧红色牙骨筹码数着，一面做报告，一五一十，除开本，赢了五百三。

“我应当分三成，因为不是我陪你们来，你一定还要输。”绅士太太当笑话说着。

大少爷就附和到这话说：“当真婶婶应当有 半，你们就用这个做本，两人合份，到后再结算。”

“全归太太也不要紧，我们下楼去，现在热闹了点，张家大姑娘同到张七老爷都来了，×总理的三小姐也在场。五次输一千五，骄傲极了，越输人越好看。”

“我可不下去，我不欢喜使她知道我在这里赌钱。”

“大少爷?”

“我也不去，我陪婶婶坐坐，三孃你去吧，到十一点我们回去。”

“……莫走!”

…………

回到家中，皮箧中多了一个小表，多了四百块钱，见到老爷在客厅中沙发上打盹，就骂用人，为什么不喊老爷去睡。当差的就说，才有客到这里谈话刚走不久，问老爷睡不睡觉，说还要读一点书，等太太回来再叫，他所以不敢喊叫。绅士见到太太回了家，大声的叱娘姨，惊醒了。

“回来了，太太！到什么人家打牌?”

绅士太太装成生气的样子，就说：“运气坏极了，又输一百五。”

绅士正恐怕太太追问到别的事，或者从别的地方探听到了关于他的消息，贼人心虚，看到太太那神气，知道可以用钱调和了，就告给绅士太太明天可以还账，且安慰太太，输不要紧，又同太太谈各个熟人太太的牌术和那属于打牌的品德，这贵人日里还才到一个饭店里同一个女人鬼混过一次，待到太太问他白天做些什么事时，他就说到佛学会念经，因为今天是开化老和尚讲楞严日子。若是往日，绅士太太一定得诈绅士一阵，不是说杨老太太到过佛学会，就是说听说开化和尚已经上天津，绅士照例也就得做戏一样，赌一个小咒，事情才能和平了结，解衣上床。今晚上因为赢了钱，且得了一个小小金表，自己又正说着谎话，所以也就不再追究谈楞严谈到第几章那类事了。

两人回到卧室，太太把皮篋子收到自己小小的保险箱里去，绅士作为毫不注意的神气，一面弯腰低头解松绑裤管的带子，一面低声的摹仿梅畹华老板的《天女散花》摇板，用节奏调和到呼吸。

到后把汗衣剥下，那个满腹经纶的尊贵肚子因为换衣的原因，在太太眼下，用着骄傲凌人的态度，挺然展露于灯光下，暗褐色的下垂的大肚，中缝一行长长的柔软的黑毛，刺目的呈一程图案调子，太太从这方面得到一个联想，告绅士，今天西城××公馆才从美国回来不久的大少爷来看过他，不久就得过南京去。

绅士点点头："这是一个得过哲学硕士的有作为的年青人，废物有这样一个儿子，自己将来不出山，也就不妨事了。"

绅士太太想到别的事情，就笑，这时也已经把袍子脱去，夹袄脱去，鞋袜脱去，站在床边，对镜用首巾包头，预备上床了。绅士从太太高硕微胖的身材上，在心上展开了一幅美人出浴图，且哗哗的隔房浴室便桶的流水声，也仿佛是日里的浴室情景，就用鼻音做出亵声，告太太小心不要招凉。

更新的事情

约有三天后，××秘密聚乐部的小房子里又有三个人在吃点心，那三孃又赢了三百多块钱，分给了绅士太太一半。这次绅士太太可在场了，先是输了一些，到后大少爷把婶婶邀上楼去，姨太太 C 不到一会儿就追上来，说是天红得到五百，把所输的收回，反赢三百多，绅士太太同大少爷除了称赞运气，并不说及其他事情。

绅士太太对于他们的事更显得关切，到废物公馆时，总借故到姨太太 C 房中去盘旋，打牌人多，也总是同三孃合手，两股均分，输赢各半。

星期日另外一个人家客厅里红木小方桌旁，有西城××公馆大小姐，有绅士太太，大小姐不明奥妙，问绅士太太，知不知道三孃近来的手气。

“婶婶不知道么？我听人说她输了五百。”

“输五百吗？我一点不明白。”

“我听人说的，她们看到她输。”

“我不相信，三孃太聪明了，心眼玲珑，最会看风色，我以为她扳了本。”

大小姐因为抓牌就不说话了，绅士太太记到这个话，虽然当真不大相信，可是对于那两次事情，有点小小怀疑起来了。到后新来了两个客，主人提议再拼成一桌，绅士太太，主张把三孃接来。电话说不来，有小事，今天少陪了，绅士太太要把耳机接线拿过身边来，捏了话机，用着动情的亲昵调子：

“三孃，快来，我在这里！”

那边说了一句什么话，这边就说：“好好，你来，我们打过四圈再说。”

说是有事的姨太太C，得到绅士太太的嘱咐，仍然答应就来了，四个人皆拿这事情当笑话说着，但都不明白这友谊的基础建筑到些什么关系上面。

不到一会三孃的汽车就在这人家公馆大门边停住了，客来了，桌子摆在小客厅，三孃不即去，就来在绅士太太身后。

“太太赢了，我们仍然平分，好不好？”

“好，你去吧，人家等得太久，张三太快要生气了。”

三孃去后大小姐问绅士太太：

“这几天婶婶同三孃到什么地方打牌？”

绅士太太摇头喊：“五万碰，不要忙！”

休息时三孃扯了绅士太太，走到廊下去，悄悄的告她，大少爷要请太太到××去吃饭。绅士太太记起了大小姐先前说的话，问姨太太C：

“三孃，你这几天又到××去过吗？”

“那里，我这两天门都不出。”

“我听谁说你输了些钱。”

“什么人说的？”

“没有这回事就没有这回事，我好像听谁提到。”

三孃把小小美丽嘴唇抿了一会，莞尔而笑，拍着绅士太太肩膊：“太太，我谎你，我又到过××，稍稍输了一点小数目。我猜这一定是宋太太说的。”

绅士太太本来听到三孃说不曾到过××，以为这是大小姐或者明白她们赢了钱，故有意探询，也就罢了。谁知姨太太C又说当真到过，这不是谎话的谎话，使她不能不对于前两天的赌博生出疑心了。她这时因为不好同三孃说破，以为另外可去问问大少爷，就忙为解释，说是听人说过，也记不起是谁了。她们到后都换了一个谈话方向，改口说到花，一树迎春颜色黄澄澄地像碎金缀在枝头上，在晚风中摇摆，姿态绝美，三孃为折了一小枝来替绅士太太插到衣襟上去：

“太太，你真是美人，我一看到你，就好像自己会嫌自己肮脏卑俗。”

“你太会说话了，我是中年人了，那里敌得过你们年青太太们。”

到了晚上，两人借故有事要走，把两桌牌拼成一桌，大小姐似乎稍稍奇怪，然而这也管不了许多，这位小姐是对于牌的感情太好了，依旧上了桌子摸风，这两人就坐了汽车到××饭店去了。××饭店那方面，大少爷早在那里等候了许久，人来了，极其欢喜，三孃把大少爷扯到身边，咬着耳朵说了两句话，大少爷望到绅士太太只点头微笑，两个人不久就走到隔壁房间去了。房里剩下绅士太太一个人，襟边的黄花掉落到地下，因为拾花，想起了日里三孃的称誉，回头去照镜子，照了好一会，又用手抹着自己头上光光的柔软的头发，顾影自怜，这女人稍稍觉得有点烦恼，从生理方面有一些意识模糊的反抗，想站起身来走过去，看两个人在商量些什么事情。

推开那门，见到大少爷坐在大椅上，三孃坐在大少爷腿上，把头聚在一处，蜜蜜的接着吻。绅士太太不待说话，心中起着惊讶，就缩回来了，仍然坐到现处，就听到两人在隔壁的笑声，且听到接吻嘴唇离开时的声音。三孃走过房中来了，一只手藏在身后，一只手伏在绅士太太肩上，悄悄的说：

“太太，要看我前回所说那个东西没有?”

“你怎么当真?”

“不是说笑话。”

“真是丑事情。”

三孃不再作声，把藏在身后那只手所拿的一个折子放到绅士太太面前，翻开了第一页。于是第二页，第三页，……两人相对低笑，大少爷，轻脚轻手，已经走到背后站定许久了。

…………

回家去，绅士太太向绅士说头痛不舒服，要绅士到书房去睡。

一年以后

绅士太太为绅士生养了第五个少爷，寄拜给废物三姨太太作干儿子，三孃送了许多礼物给小孩，绅士家请酒，客厅卧房皆摆了牌，小孩子们皆穿了新衣服，由娘姨带领，来到这里做客。绅士家一面举行汤饼宴，一面接亲家母过门，头一天是女客，废物不甘寂寞也接过来了。废物在客厅里一角，躺在那由公馆抬来的轿椅中，一面听太太们打牌嚷笑，一面同绅士谈天，讲到佛学中的果报，以及一切古今事情，按照一个绅士身分，采取了一个废人的感想，对于人心世道，莫不有所议及。绅士同废人说一阵，又各处走去，周旋到妇人中间，这里看看，那里玩玩，院子中小客人哭了，就叹气，大声喊娘姨，叫取果子糖来款待小客人。因为女主人不大方便，不能出外走动，干妈收拾得袅袅婷婷，风流俏俊，代行主人的职务，也像绅士一样忙着一切。

到了晚上，客人散尽，娘姨把各房间打扫收拾清楚，绅士走到太太房中去，忙了一整天，有点疲倦了，就坐到太太床边，低低的叹了一声气。看到桌上一些红绿礼物，看到干妈送来的大金锁同金寿星，想起那妇人飘逸风度，非常怜惜似的同太太说：

“今天干妈真累了，忙了一天！”

绅士太太不做声，要绅士轻说点，莫惊吵了后房的小孩。

似乎因为是最幼的孩子，这孩子使母亲特别关心，虽然请得有一个奶娘，孩子的床就安置在自己房后小间，绅士也极其爱悦这小小生命的嫩芽。正像是因为这小孩的存在，母亲同父亲互相也都不大欢喜在小事上寻隙缝吵闹，家庭也变成非常和平了。

因为这孩子是西城××公馆三嬢太太的干儿子，从此以后三嬢有一个最好的理由来到东城绅士公馆了。因这贵人的过从，从此以后绅士也常常有理由同自己太太讨论到这干亲家母的为人了。

有一天，绅士从别处得到了一个消息，拿来告给了太太。

“我听到人说西城××公馆的大少爷，有人做媒。”

太太略略惊讶，注意的问：“是谁？”

两人在这件事情上说了一阵，绅士也不去注意到太太的神气，不知为什么，因为谈到消息，这绅士记起另外一种消息，就笑了。

太太问：“笑什么？”

绅士还是笑，并不作答。

太太有点生气样子，其时正为小孩子剪裁一个小小绸胸巾就放下了剪刀，一定要绅士说出。

绅士仍然笑着，过了好一会，才嚅嚅滞滞的说：“太太，我听到有笑话，说那大少爷灯……有点……”

绅士太太愕然了，把头偏向一边，惊讶而又惶恐的问：“怎么，你说什么!?”

“我是听人说的，好像我们小孩子的……”

“怎么，说什么!？你们男子的口!!”

绅士望到太太脸上突然变了颜色，料不到这事情会有这样吓人，就忙分辩说：“这是谣言，我知道!”

绅士太太要哭了。

绅士赶忙匆匆促促的分辩说：“是谣言，我是知道的!我只听说我们的孩子干妈三孃，特别同那大少爷谈得合式，听到人这样说过，我也不相信。”

绅士太太放了一口气，才明白谣言所说的原是孩子的干妈，对于自己先前的态度忽然感到悔恨，且非常感到丈夫的可恼了，就骂绅士，以为真是一个堕落的人，那么大年纪的人了，又不是年轻小孩子，不拘到什么地方，听到一点毫无根据的谰言，就拿来嚼咀。且说：

“一个绅士都不讲身分，亏得你们念佛经，这些话拿去随便说，拔舌地狱不知怎么容得下你们这些人。”

绅士听到这教训，一面是心中先就并不缺少对于那干亲家母的一切憧憬，把太太这义正辞严的言语，嵌到肥心上去后，就不免感到一点羞惭了。见到太太样子还很难看，这尊贵的人，照老例，做戏一样陪了礼，说一点别的空话，搭搭讪讪走到书房继续做阿难伽叶传记的研究去了。

绅士太太好好保留到先前一刻的情形，保留到自己的惊，保留到丈夫的谦和，以及那些前后言语，给她的动摇，这女人，再把另外一些时节一些事情追究了一下，觉得全身忽然软弱起来，发着抖，再想支持到先前在绅士跟前的生气崛强，已经是万万办不到了。于是她就哭了，伏在那尚未完成的小孩子的胸巾上面，非常伤心的哭了。

悄悄溜到门边的绅士，看到太太那情形，还以为这是因为自己失去绅士身分的责难，以及，物丧其类底痛苦，才使太太这样伤心，万分羞惭的转到书房去，想了半天主意，才亏得想出一个计策来，不让太太知道，出了门雇街车到一个亲戚家里去，只说太太为别的事使气，想一个老太太装作不知道到他家里，邀她往公园去散散。把计策办妥当后，这绅士又才忙忙的回到家中，仍然去书房坐下，拿一本陶渊明的诗来读，读了半天，听到客来了，到上房去了，又听到太太喊叫拿东西，过了一会又听到叫把车子预备，来客同太太出去以后，绅士走到天井中，看看天气，天气非常子好，好像很觉得寂寞，就走到上面房里去，看到一块还未剪裁成就的绸子，湿得像从水中浸过，绅士良心极其难过，本来乘到这机会，可以到一个相好的妇人处去玩玩，也下了决心，不再出门了。

绅士太太回来时，问用人，老爷什么时候出去，什么时候回来，用人回答太太，是老爷并不出门，在书房中读书，一个人吃的晚饭。太太忙到书房去，望着老爷正跪在佛像前念经，站到门边许久，绅士把经念完了，回头才看到太太。两人皆有所内恧，都愿好好的讲了和，都愿意得到对方谅解，绅士太太极其温柔的走到老爷身边去。

“怎么一个人在家中，我以为你到傅家吃酒去了。”

绅士看到太太神气，是讲和的情形，就做着只有绅士才会做出的笑样子，问到什么地方去玩了来，明白是到公园了，就又问到公园什么馆子吃的晚饭，人多不多，碰到什么熟人没有。两人于是很虚伪又很诚实的谈到公园的一切，白鹤，鹿，花坛下围棋的林老头儿，四如轩的水饺子，说了半天，太太还不走去。

“累了，早睡一点。”

“你呢?”

“我念了五遍经，近来念经真有了点奇迹，念完了神清气爽。”

听着这样谎话的绅士太太，容忍着，不去加以照例的笑谑，沉默了一阵，一个人走到上房去了。绅士在书房中，正想起傅家一个婢女打破茶碗的故事，一面脱去袜子，娘姨走来了，静静的怯怯的说：“老爷，太太请您老人家。”绅士点点头，娘姨退出去了，绅士不知为什么原故，很觉得好笑，在心中搅起了些消失了多年的做新郎的情绪，趿上鞋，略显得匆促的向上房走去。

第二天，三孃来看孩子，绅士正想出门，在院子里遇到了，绅士红着脸，笑着，敷衍着，一溜烟走了，三孃是也来告给绅士太太关于大少爷的婚事消息的，说了半天，到后接到别处电话，来约打牌，绅士太太却回绝了。

两个人在家中密谈了一些时候，小孩子不知为什么哭了，绅士太太叫把小孩子抱来，小孩子一到母亲面前就停止了啼哭，望到这干妈，小小的伶精的黑眼仁，好像因为要认清楚这女人那么注意集中到三孃的脸。三孃把孩子抱在手上，哄着喝着：

“小东西，你认得我！不许哭！再哭你爹爹会丢了你！”绅士太太不知为什么原因，小孩子一不哭泣，又教奶妈快把孩子抱去了。

有学问的人

这里，把时间说明，是夜间上灯时分。黄昏的景色，各人可以想象得出。

到了夜里，天黑紧，绅士们，不是就得了许多方便说谎话时不会为人从脸色上看出么？有灯，灯光下总不比日光下清楚了，并且何妨把灯捻熄。

是的，灯虽然已明，天福先生随手就把它捻熄了，房子中只远远的路灯光从窗间进来，稀稀的看得清楚同房人的身体轮廓。他把灯捻熄以后，又坐到沙发上来。

与他并排坐的是一个女人，一个年青的，已经不能看出相貌，但从声音上分辨得出这应属于标致有身分的女人。女人见到天福先生把灯捻熄了，心稍稍紧了点，然而仍坐在那里不动。

天福先生把自己的肥身镶到女人身边来，女人让；再进，女人再让；又再进。局面成了新样子，女人是被挤在沙发的一角上去，而天福先生俨然作了太师模样了，于是暂时维持这局面，先是不说话。

天福先生在自己行为上找到发笑的机会，他笑着。

笑是神秘的，同时却又给了女人方面暧昧的摇动。女人不说话，心想起所见到男人的各样丑行为。他料得当前的男子是什么样的一个人，所采取的是什么样的行动，她待着这事实的变化，也不顶害怕，也不想走。

一个经过男子的女人，是对于一些行为感到对付容易，用不着忙迫无所措手足的。在一些手续不完备的地方男子的卤莽成为女人匿笑的方便，因了这个她更不会对男子的压迫生出大的惊讶了。她能看男子的呆处，虽不动心，以为这呆，因而终于尽一个男子在她身体上生一些想头，作一些呆事，她似乎也将尽他了。

“黄昏真美呵!”男子说，仿佛经过一些计算，才有这样精彩合题的话。

“是的，很美。”女人说了女人笑，就是笑男子呆，故意在找方便。

“你笑什么呢?”

“我笑一些可笑的事同可笑的人。”

男子觉得女人的话有刺，忙退了一点，仿佛因为女人的话才觉到自己是失礼，如今是在觉悟中仍然恢复了一个绅士应有的态度了。

他想着，对女人的心情加以估计，找方法，在言语与行为上选择，觉得言语是先锋，行为是后援，所以说：

“虽然人是有年纪了，见了黄昏总是有点惆怅，说不出这原由……哈哈，是可笑呵！”

“是吧……”女人想接下去的是“并不可笑”，但这样一说，把已接近的心就离远了。这是女人的损失，所以她不这样说。她想起在身边的人，野心已在这体面衣服体面仪容下跃跃不定了，她预备进一步看。

女人不是怎样憎着天福先生的，不过自己是经过男子的人，而天福先生的妻又是自己同学，她在分下有制止这危险的必需。她的话，像做诗，推敲了才出口，她说：“只有黄昏是使人恢复年青心情的。”

“可是你如今仍然年青，并不为老。”

“二十五六岁的女人还说年青吗?”

“那我是三十五六了。”

“不过……”

女人不说完，笑了，这笑也同样是神秘，摇动着一点暖昧味道。

他不承认这个。说不承认这个，是他从女人的笑中看出女人对于他这样年龄还不失去胡思乱想的少年勇敢的嘲弄。他以为若说是勇敢，那他已不必支吾，早卤莽的将女人身体抱持不放了。

女人继续说："人是应当忘记自己年纪来作他所要作的事情的——不过也应把他所有的知识帮到来认清楚生活。"

"这是哲学上的教训话。"

"是吗？事实是……"

"我有时……"他又坐拢一点了，"我有时还想作呆子的事。"

女人在心上想："你才真不呆呀！"不过，说不呆，那是呆气已充分早为女人所看清了。女人说："呆也并不坏。不过看地方来。"

天福先生听这话，又有两种力量在争持了，一是女人许他呆，一是女人警他呆到此为止：偏前面，则他将再进一点，或即勇敢的露出呆子像达到这玩笑的终点。偏后面，那他是应当知趣。不知趣，再呆下去，不啻将自己行为尽人机会在心上增长鄙视，太不合算了。

他迟疑。他不作声。

女人见到他徘徊，女人心想男子真无用，上了年纪胆子真小了，她看出天福君的迟疑原故了，也不作声。

在言语上显然是惨败，即不算失败，说向前，依赖这言语，大致是无望吧。本来一个教物理学的人，是早应当自知用言语作矛，攻打一个深的高的城堡原是不行的。他想用手去，找那接触的方便。他这时记起毛里哀的话来了，“口是可以攻进女人的心的，但不是靠说话”。

不是靠说话，那么，把这口，放到女人……这敢么？这行么？

女人方面这时也在想到不说话的口的用处了，她想这呆子，话不说，若是另外发明了口的用处，真不是容易对付的事。若是他有这呆气概，猛如豹子擒羊，把手抱了自己，自己除了尽这呆子使足呆性以外，无其他方法免避这冲突。

若果天福先生这样作，用天福先生本行的术语说，物理的公例是……但是他不作，也就不必引用这话了。

他不是爱她，也不是不爱她；若果爱是不必在时间上生影响，责任只在此一刻，他将说他爱她，而且用这说爱她的口吻她的嘴，作为证据，吻以外，要作一点再费气力的事，他也不吝惜这气力。若果爱是较亲洽的友谊，他也愿说他爱她。

可是爱了，就得……到养孩子。他的孩子却已经五岁了。他当然不能再爱妻的女友。

那就不爱好了。然而这时妻却带了孩子出了门，保障离了身，一个新的诱惑俨若有意凑巧而来。且他能看出，面前的女人不是蠢人。

他知道她已看出的年青的顽皮心情，他以为与其说这是可笑，似乎比已经让她看出自己心事而仍怯着的可笑为少。一个男子是常常因为怕人笑他呆而作着更大的呆事的，这事情是有过很多的例了，天福先生也想到了。想到这样，更呆也呆不去，就不免笑起来了。

他笑他自己不济。这之间，不无“人真上了年纪”的自愧，又不无“非呆不可”的自动。

她呢，知道自己一句话可以使全局面变卦，但不说。

并不是故意，却是很自然，她找出一句全不相干的言语，说：“近来密司王怎么样？”

“我们那位太太吗？她有了孩子就丢了我，……作母亲的照例是同儿子一帮，作父亲的却理应成天编讲义上实验室了。”

话中有感慨，是仍然要在话上找出与本题发生关系的。

女人心想这话比一只手放到肩上来的效力差远了，她真愿意他勇敢一点。

她于是又说："不过你们仍然是好得很！"

"是的，好得很，不像从前几年一个月吵一回的事了。不过我总思若同她仍然像以前的情形，吵是吵，亲热也就真……唉，人老了，真是什么都完了。"

"人并不老！"

"人不老，这爱情已经老了。趣味早完了。我是很多时候想我同她的关系，是应维持在恋爱上，不是维持在家庭上的，可是——"

说到这里的天福先生，感慨真引上心了，他叹气。不过同时他在话上是期待着当成引药，预备点这引药，终于燃到目下两人身上来的。

女人笑。一面觉得这应是当真的事，因为自己生活的变故，离婚的苦也想起来了，笑是开始，结束却是同样叹息的。

那么，一面尽那家庭是家庭，一面来补足这阙陷，从新来恋爱吧。这样一来在女人也是有好处的，天福先生则自然是好。

女人是正愿意这样，所以尽天福先生在此时作呆样子的。她要恋爱。她照到女人通常的性格，虽要攻击是不能，她愿意在征服下投降。虽然心上投了降，表面还总是处处表示反抗，这也是这女人与其他女人并不两样的。

在女人的叹息上，天福先生又找出了一句话，——

“密司周，你是有福气的，因为失恋或者要好中发生变故，这人生味道是领略得多一点。”

“是吧，我就在成天领略咀嚼这味道，也咀嚼别的。”

“是，有别的可咀嚼的就更好。我是……”

“也总有吧。一个人生活，我以为是一些小的，淡的，说不出的更值得玩味。”

“然而也就是小的地方更加见出寂寞，因为其所以小，都是软弱的。”

“也幸好是软弱，才处处有味道。”

女人说到这里就笑了，笑得放肆。意思仿佛是，你若胆子大，就把事实变大吧。

这笑是可以使天福先生精神振作来干一点有作有为的大事的，可是他的头脑塞填了的物理定律起了作用，不准他撒野。这有学问的人，反应定律之类，真害了他一生，看的事是倒的，把结果数起才到开始，他看出结果难于对付，就不呆下去了。

他也笑了，他笑他自己，也像是舍不得这恰到好处的印象，所以停顿不前。

他停顿不前，以为应当的，是这人也并不缺少女人此时的心情，他也要看她的呆处了。

她不放松，见到他停顿，必定就又要向前，向前的人是不知道自己的好笑处胡涂处，却给了“勒马不前”的人以趣味的。

天福先生对女人，这时像是无话可说了，他若是非说话不可，就应当对他自己说：“谁先说话谁就是呆子！”他是自己觉得自己也很呆，但只是对女人无决断处置而生出嘲弄自己的理由的。在等候别人开口或行为中，他心中痒着，有一种不能用他物理学的名词来解释的意境的。

女人想，同天福先生所想相差不远，虽然冒险心比天福先生来得还比较大，只要天福先生一有动作，就准备接受这行为上应有的力的重量。然而要自己把自己挪近天福先生，是合乎谚语上的“码头就船”，是办不到的。

我们以为这局面便永远如此哑场下去，等候这家的女主人回来收场么？这不会，到底是男子的天福先生，男子的耐心终是有限，他要话说！并且他是主人，一个主人待客的方法，这不算一个顶好的顶客气的方法！

且看这个人吧。

他的手，居然下决心取了包围形势，放到女人的背后了。然而还是虚张声势，这只手只到沙发的靠背而止，不能向前。再向前，两人的心会变化，他不怕别的，单是怯于这变化，也不能再前进了。

女人是明白的。虽明白，却不加以惊讶的表示，不心跳，不慌张，一半是年龄与经验，一半自然还是有学问，我们是明白有学问的人能稳重处置一切大事的。这事我们不能不承认是可以变为大事的一个手段啊！

天福先生想不出新计策，就说道：

“密司周，我们适间说的话真是有真理。”

“是的。难道不是么？我是相信生活上的含蓄的。”

“譬如吃东西，——吃酒，吃一杯真好，多了则简直无味，至于不吃，嗅一嗅，那么……”

“那就看人来了，也可以说是好，也可以说不好。”

“我是以为总之是好的，只怕不有酒！”

天福先生打着哈哈，然而并不放肆，他是仍然有绅士的礼貌。

他们是在这里嗅酒的味道的。同样喝过了别的一种酒，嗅的一种却是新鲜的，不曾嗜过的，只有这样觉得是很好。

他们谈着酒，象征着生活，两人都仿佛承认只有嗅嗅酒是顶健全一个方法，所以天福先生那一只准备进攻的手，不久也偃旗息鼓收兵回营了。

黄昏的确是很美丽的，想着黄昏而惆怅，是人人应当有的吧。过一时，这两人，会又从黄昏上想到可惆怅的过去，像失了什么心觉到很空呵！

黄昏是只一时的，夜来了，黑了，天一黑，人的心也会因此失去光明理知的吧。

女人说：“我要走了，大概密司王不会即刻回来的。我明天来。”

说过这话，就站起。站起并不走，是等候天福先生的言语或行为。她即或要走，在出门以前，女人的诱惑决不会失去作用！

天福先生想，乘此一抱什么问题都解决了，他还想象抱了这女人以后，她会即刻坐沙发上来，两人在一块亲嘴，还可以听到女人说“我是也爱你，但不敢”的话。

他所想象是不会错的，如其他事情一样，决不会错。这有学问的上等人，是太能看人类的心了。只是他不做。女人所盼望的言语同行为，他并不照女人希望去作，却呆想。

呆想也只是一分钟以内的事，他即刻走到电灯旁去，把灯明了。

两人因了灯一明，俨然是觉得灯用它的光救了这危难了，互相望到一笑。

灯明不久，门前有人笑着同一个小孩喊着的声音，这家中的女主人回来了。

女主人进了客厅，他们诚恳亲爱的握手，问安，还很诚恳亲爱的坐在一块儿。小孩子走到爹爹边亲嘴，又走到姨这一旁来亲嘴，女人抱了孩子不放，只在这小嘴上不住温柔偎熨。

“福，你同密司周在我来时说些什么话?”

“哈，才说到吃酒。”他笑了，并不失了他的尊严。

“是吗，密司周能喝酒吧?”女主人仿佛不相信。

“不，我若是有人劝，恐怕也免不了喝一口。”

“我也是这样——式芬，（他向妻问）我不是这个脾气吗?”女人把小主人抱得更紧，只憨笑。

都市一妇人

一

一九三零年我住在武昌，因为我有个作军官的老弟，那时节也正来到武汉，办理些关于他们师部军械的公事。从他那方面我认识了好些少壮有为的军人。其中有个年龄已在五十左右的老军校，同我谈话时比较其余年青人更容易了解一点，我的兄弟走后，我同这老军校还继续过从，极其投契。这是一个品德学问在军官中都极其稀有罕见的人物，说到才具和资格，这种人作一军长而有余。但时代风气正奖励到一种恶德，执权者需要投机迎合比需要学识德性的机会较多，故这个老军校命运，就只许他在那种散职上，用一个少将参议名义，向清乡督办公署，按月领一份数目不多不少的薪俸，消磨他闲散的日子。有时候我们谈到这件事情时，常常替他不平，免不了要说几句年青人有血气的粗话，他就望到我微笑。“一个军人欢喜庄子，你想想，除了当参议以外，还有什么更适当的事务可作?”他那种安于其位与世无竞的性格，以及高尚洒脱可爱处，一部庄子同一瓶白酒，对于他都多少发生了些影响。

这少将独身住在汉口，我却住在武昌，我们住处间隔了一条长年是黄色急流的大江。有时我过江去看他，两人就一同到一个四川馆子去吃干烧鲫鱼。有时他过江来看我，谈话忘了时候，无法再过江了，就留在我那里住下，我们便一面吃酒，一面继续那个未尽的谈话，听到了蛇山上驻军号兵天明时练习喇叭的声音，两人方横横的和衣睡去。

有一次我过江去为一个同乡送行，在五码头各个小火轮趸船上，找寻那个朋友不着，后来在一趸船上却遇到了这少将，正在趸船客舱里，同一个妇人说话。妇人身边堆了许多皮箱行李，照情形看来，他也是到此送行的。送走的是一男一女，男的大致只二十三四岁，一个长得英俊挺拔十分体面的青年，身穿灰色袍子，但那副身材，那种神气，一望而知这青年应是在军营中混过的人物。青年沉默的站在那里，微微的笑着，细心的听着在他面前的少将同女人说话。女人年纪仿佛已经过了三十岁，穿着十分得体，华贵而不俗气，年龄虽略长了一点，风度尚极动人，且说话时常常微笑，态度秀媚而不失其为高贵。这两人从年龄上估计既不大像母子，从身分上看去，又不大像夫妇，我以为或者是这少将的亲戚，当时因为他们正在谈话，上船的人十分拥挤，少将既没有见到我，我就也不大方便过去同他说话。我各处找寻了一下同乡，还没有见到，就上了码头，在江边马路上等候到少将。

半点钟后，船已开行了，送客的陆续散尽了，我还见到这少将站在趸船头上，把手向空中乱挥，且下了趸船在泥滩上追了几步，船上那两个人也把白手巾挥着。船已去了一会，他才走上江边马路，我望到他把头低着从跑板上走来，像是对于他的朋友此行有所惋惜的神气。

于是我们见到了，我就告给他，我也是来送一个朋友的，且已经见到了他许久，因为不想妨碍他们的谈话，所以不曾招呼他一声。他听我说已经看见了那男子和妇人，就用责备我的口气说：

“你这讲礼貌的人，真是当面错过了一种好机会！你这书呆子，怎么不叫我一声？我若早见到你就好了。见到你，我当为你们介绍一下！你应当悔恨你过分小心处，在今天已经作了一件错事，因为你若果能同刚才那女人谈谈，你就会明白你冒失一点也有一种冒失的好处。你得承认那是一个华丽少见的妇人，这个妇人她正想认识你！至于那个男子，他同你弟弟是要好的朋友，他更需要认识你！可惜他的眼睛看不清楚你的面目了，但握到你的手，听你说的话，也一定能够给他极大的快乐！”

我才明白那青年男子沉默微笑的理由了。我说：“那体面男子是一个瞎子吗？”朋友承认了。我说：“那美丽妇人是瞎子的太太吗？”朋友又承认了。

因为听到少将所说，又记起了这两夫妇保留到我印象上那副高贵模样，我当真悔恨我失去的那点机会了。我当时有点生自己的气，不再说话，同少将穿越了江边大路，走向法租界的九江路，过了一会，我才追问到船上那两个人从什么地方来，到什么地方去，以及其他旁的许多事情。原来男子是湘南××一个大地主的儿子，在广东黄埔军校时，同我的兄弟在一队里生活过一些日子，女人则从前一些日子曾出过大名，现在人已老了，把旧的生活结束到这新的婚姻上，正预备一同返乡下去，打发此后的日子，以后恐不容易再见到了。少将说到这件事情时，夹了好些轻微叹息在内。我问他为什么那样一个年青人眼睛会瞎去，是不是受下那军人无意识的内战所赐，他只答复我“这是去年的事情”。在他言语神色之间，好像还有许多话一时不能说到，又好像在那里有所计划，有所隐讳，不欲此时同我提到。结果他却说：“这是一个很不近人情的故事。”但在平常谈话之间，少将所谓不近人情故事，我听到的已经很多，并且常常没有觉得怎么十分不近人情处，故这时也不很注意，就没有追问下去。过××路一戏院门前时，碰到了我那个同乡，我们三个人就为别一件事情，把船上两个人忘却了。

回到武昌时，我想起了今天船上那一对夫妇，那个女人在另一时我似乎还在什么地方看到过，总想不出应分在北京还是在上海。因为忘不掉少将所说的这两夫妇对于我的未识面的友谊，且知道这机会错过去后，将来除了我亲自到湘南去拜访他们时，已无从在另外什么机会上可以见到，故更为所错过的机会十分着恼。

过了两天是星期，学校方面无事情可作，天气极好，想过江去寻找少将过汉阳，同他参观兵工厂的内部。在过江的渡轮上，许多人望着当天的报纸，谈论到一只轮船失事的新闻，我买了份本地报纸，第一眼就看到了“仙桃”失事的电报。我糊涂了。“这只船不是前天开走的那只吗？”赶忙把关于那只船失事的另一详细记载看看，明白了我的记忆完全不至于错误，的的确确就是前天开行的一只，且明白了全船四百七十几个人，在措手不及情形下，完全皆沉到水中去，一个也没有救起。这意外消息打击到我的感觉，使我头脑发胀发眩，心中十分难过，却不能向身边任何人说一句话。我于是重新又买了另外一份报纸，看看所记载的这一件事，是不是还有岐出的消息。新买那份报纸，把本国军舰目击那只船倾覆情形的无线电消息，也登载出来，人船俱尽，一切业已完全证实了。

我自然仍得渡江过汉口去，找寻我那个少将朋友！我得告知他这件事情，我还有许多话要问他，我要那么一个年高有德善于解脱人生幻灭的人，用言语帮助到我，因为我觉得这件事使我受了一种不可忍受的打击。我心中十分悲哀，却不知我损失的是些什么。

上了岸，在路上我就很糊涂的想到："假如我前天没有过江，也没有见到这两个人，也没有听到少将所说的一番话，我不会那么难受吧。"可是人事是不可推测的，我同这两人似乎已经相熟，且俨然早就成为最好的朋友了。

到了少将住处以后，才知道他已出去许久了。我在他那里，等了一会，留下了一个字条，又糊糊涂涂在街上走了几条马路。到后忽然又想"莫非他早已得到了消息，跑到我那儿去了吗?”于是才渡江回我的住处。回到住处，果然就见到了少将，见到他后我显得又快乐又忧愁。这人见了我递给他的报纸，就把我手紧紧的揿住握了许久。我们一句话都不说，我们简直互相对看的勇气也失掉了，因为我们都知道了这件事情，用不着再说了。

可是我的朋友到后来笑了，若果我的听觉是并不很坏的，我实在还听到他轻轻的在说:“死了是好的，这收场不恶。”我很觉得奇异，由于他的意外态度，引起了我说话的勇气。我问他这是怎么一回事。怎么一回事?只有天知道!这件事可以去追究它的证据和根源，可以明白那些沉到水底去的人，他们的期望，他们的打算，应当受什么一种裁判，才算是最公正的裁判。这当真只有天知道了!

二

一九二七左右时节，××师以一个最好的模范军誉，驻防到×地方的事，这名誉直到一九三零还为人所称道。某一天师部来了四个年青男子，拿了他们军事学校教育长的介绍信，来谒见师长。这会见的事指派到参谋处来，一个上校参谋主任代替了师长，对于几个年青人的来意，口头上询问了一番，又从过去经验上各加以一种无拘束的思想学识的检察，到后来，四人之中三个皆委充中尉连附，分发到营上去了，其余一个就用上尉名义，留下在参谋处服务。这青年从大学校脱身而转到军校，对军事有了深的信仰，如其余许多年轻大学生一样，抱了牺牲决心而改图，出身膏腴，脸白身长，体魄壮健，思想正确，从相人术方法上看来，是一个具有毅力与正直的灵魂极合于理想的军人。年青人在时代兴味中，有他自己哲学同观念，即在革命队伍里，大众同志之间，见解也不免常常发生分歧，引起争持。即或是错误，但那种诚实无伪的纯洁处，正显得这种年青人灵魂的完美无疵。到了参谋处服务以后，不久他就同一些同志，为了意见不合，发了几次热诚的辩论。忍耐，诚实，服从，尽职，这些美德一个下级军官所不可缺少的，在这年青人方面皆完全无缺，再加上那种可以说是华贵的气度，使他在一般年青人之间，乃如群鸡中一只白鹤，超拔挺特，独立高举。

这年青人的日常办事程序，应受初来时节所见到的那个参谋主任的一切指导。这上校年纪约有五十岁左右，一定有了什么错误，这实在是安顿到大学校去应分比安顿在军队里还相宜的人物。这上校日本士官学校初期毕业的头衔，限制了他对于事业选择的自由，所以一面读了不少中国旧书，一面还得同一些军人混在一处。天生一种最难得的好性情，就因为这性情，与人不同，与军人身分不称，多少同学同事皆向上高升，作省长督办去了，他还是在这个过去作过他学生现在身充师长的同乡人部队里，认真克己的守着他的参谋职务。

为时不久，在这个年青人同老军官中间，便发生了一种极了解的友谊了，这友谊是维持在互相极端尊敬上面的。两人年份上相差约三十岁，却因为知慧与性格有一致契合处，故成了忘年之交。那年长的一个，能够喝很多的酒，常常到一个名为老兵俱乐部去，喝那种高贵的白铁米酒。这俱乐部定名为“老兵”，来的却大多数是些当地的高级军人。这些将军，这些伟人，有些已退了伍，不再作事，有些身居闲曹，事情不多，或是上了点儿年纪，欢喜喝一杯酒，谈谈笑话，打打不成其为赌博的小数目扑克，大都觉得这是一个极相宜的地方。尤其是那些年纪较大一点儿的人物，他们光荣的过去，他们当前的娱乐，自然而然都使他们向这个地方走来，离开了这个地方，就没有更好的更合乎军人身分的去处了。

这地方虽属于高级军人所有，提倡发起这个俱乐部的，实为一个由行伍而出身的老将军，故取命为老兵俱乐部。老兵俱乐部在××还是一个极有名的地方，因为里面不谈政治，注重正当娱乐，娱乐中凡包含了不道德的行为，也不能容许存在。还有一样最合理的规矩，便是女子不能涉足。当初发起人是很得军界信仰的人，主张在这俱乐部里不许女人插足，那意思不外乎以为女人常是祸水，同军人常常特别不相宜。这意见经其他几个人赞同，到后便成为规则了。由于规则的实行，如同军纪一样，毫不模糊，故这俱乐部在××地方倒很维持到一点令誉。这令誉恰恰就是其他那些用俱乐部名义组织的团体所缺少的东西。

不过到后来，因为使这俱乐部更道德一点，却有一个上校董事，主张用一个妇人来主持一切，当时把这个提议送到董事会时，那上校的确用的是“道德”名义。到后来这提议很希奇的通过了，且即刻就有一个中年妇人来到俱乐部了。据闻其中还保留到一种秘密，便是来到这里主持俱乐部的妇人，原来就是那个老兵将军的情妇。某将军死后，十分贫穷，妇人毫无着落，上校知道这件事，要大家想法来帮助那个妇人，妇人拒绝了金钱的接受，所以大家商量想了这样一种办法。但这种事知道的人皆在隐讳中，仅仅几个年老军官明白一切。妇人年龄已在三十五岁左右，尚保存一种少年风度，性情端静明慧，来到老兵俱乐部以后，几个老年将军，皆对这妇人十分尊敬客气，因此其余来此的人，也猜想得出，这妇人一定同一个极有身分的军人有点古怪关系，但却不明白这妇人便是老兵俱乐部第一个发起人的外妇。

×师上校参谋主任，对于这妇人过去一切，知道得却应比别的老军人更多一点。他就是那个向俱乐部董事会提议的人，老兵将军生时是他最好的朋友，老兵将军死时，便委托到他照料过这个秘密的情妇。

这妇人在民国初年间，曾出没于北京上层贵族社交界中。她是一个小家碧玉，生小聪明，像貌俏丽，随了母亲往来于旗人贵家，以穿扎珠花，缝衣绣花为生。后来不知如何到了一个老外交家的宅中去，被收留下来作了养女，完全变更了她的生活与命运，到了那里以后，过了些外人无从追究的日子，学了些华贵气派，染了些娇奢不负责任的习惯。按照聪明早熟女子当然的结果，没有经过养父的同意，她就嫁给了一个在外交部办事的年青科长。这男子娶她也是没有得到家中同意的。两人都年青美貌，正如一对璧人，结了婚后，曾很狂热的过了些日子。到后男子事情掉了，两人过上海去，在上海又住了些日子，用了许多从别处借来的钱。那年青男子，不是傻子，他起初把女人看成天仙，无事不遵命照办，到上海后，负了一笔大债，而且他慢慢看出了女人的弱点，慢慢的想到为个女人同家中那方面绝裂实在只有傻子才做的事，于是，在某次小小争持上，拂袖而去，从此不再见面了。他到那儿去了呢？女人是不知道的，可是瞧到女人此后生活看来，这男子是走得很聪明，并不十分错误的。但男子也许是自杀了，因为女子当时并不疑心他有必须走去的理由，且此后任何方面也从不见过这个男子的名姓。自从同住的男子走后，经济的来源断绝了。民国初年间的上海地方住的全是商人，还没有以社交花名义活动的女子，她那时只二十岁，自然的想法回到北京去，自然的同那个养父忏悔讲和，此后生活才有办法。因此先寄信过北京去，报告一切，向养父承认了一切过去的错误，希望老外交家给她一点恩惠，仍然许她回来。老外交家接到信后，即刻寄了五百块钱，要她回转北京，一回北京，在老人面前流点委屈的眼泪，说些引咎自责的话，自然又恢复一年前的情形了。

但女人是那么年青，又那么寂寞，先前那个丈夫，很明显的既不曾正式结婚，就没有拘束她行动的权利，为时不久，她就又被养父一个年约四十岁左右的朋友引诱了去。那朋友背了老外交家，同这女子发生了不正当的关系，女子那么狂热爱着这中年绅士，但当那个男子在议会中被××拉入名流内阁，发表为阁员之一后，却正式同军阀××姨妹订了婚，这一边还仍然继续到一种暧昧的往来。女人明白了，十分伤心，便坦白的告给了养父一切被欺骗的经过。由于老外交家的责问，那个绅士承认了一切，却希望用妾媵的位置处置到女子，因为这绅士是知道女人根底，以及在这一家的暧昧身分的。由于虚荣与必然的习惯，女人既很爱这个绅士，没有拒绝这种提议，不久以后就作了总长的姨太太。

××事议会贿案发觉时，牵连了多少名人要人，×总长逃到上海去了。一家过上海以后，×总长二姨太太进了门，一个真实从妓院中训练出来的人物，女子在名分上无位置，在实际上又来了一个敌人，而且还有更坏的，就是为时不久，丈夫在上海被北京政府派来的人，刺死在饭店里。

老外交家那时已过德国考察去了。命运启示到她，为的是去找一个宽广一些的世界，可以自由行动，不再给那些男子的糟蹋，却应当在某种事上去糟蹋一下男子。她同那个新来的姨太太，发生了极好的友谊，依从那个妓女出身妇人的劝告，两人各得了一笔数目可观的款项，脱离了原来的地位。两人独自在上海单独生活下来，实际上，她就做了妓女。她的容貌和本能都适合于这个职业，加之她那种从上流阶级学来的气度，用到社会上去，恰恰是平常妓女所缺少的，所以她很有些成就。在她那个事业上，她得到了丰富的享乐，也给了许多人以享乐。上海的大腹买办，带了大鼻白脸的洋东家，在她这里可以得到东方贵族的印象回去。她让那些对她有所羡慕有所倾心的人，献上他最后的燔祭，为她破产为她自杀的，也很有一些人。她带了一种复仇的满足，很奢侈很恣肆的过了一些日子，在这些日子中，她成了上海地方北里名花之王。“男子是只配作踏脚石，在那份职务上才能使他们幸福，也才能使他们规矩的。”这话她常常说到，她的哲学是从她所接近的那第一个男子以下的所有男子经验而来的。当她想得到某一人，或愚弄某一人时，她便显得极其热情，终必如愿而偿，但她到后厌烦了，一下就撒了手，也不回过头去看看。她如此过了将近十年。在这时期里，她因为对于她的事业太兴奋了一点，还有，就是在某一些情形中，似乎由于缺少了点节制，得了一种意义含混的恶病，在病院里住了好些日子。经过一段长期治疗，等到病好了点，出院以后，她明白她当前的事情，应计划一下，是不是从新来立门户，还照样走原来的一条路。她感到了许多困难，无论什么职业的活动，停顿一次之后，都是如此的。时代风气正在那里时时有所变革，每一种新的风气，皆在那里把一些旧的淘汰，把一些新的举起，在她那一门事业上也并不缺少这种推移。更糟处，是她的病已把几个较亲切的人物吓远，而她又实在快老了。她已经有了三十余岁，一切习气皆不许她把场面缩小，她的此后来源却已完全没有把握，照这样情形下去，将来的生活一定十分黯淡。

她踌躇了一些日子，决意离开了上海，到长江中部的×镇去，试试她的命运。那里她知道有的是大商人同大傻子，两者之中，她还可以得到机会，较从容的选取其一，自由的把终身交付与他，结束了这青春时代的狂热，安静消磨下半生日子。她的希望却因为到了×镇以后事业意外的顺手而把它搁下了，为了大商人与大傻子以外，还有大军人拜倒这妇人的脚下，她的暮年打算，暂时不得不抛弃了。

人世幸福照例是孪生的，忧患也并不单独存在。在生活中我们常会为一只不能目睹的手所颠覆，也常会为一种不能意想的妒嫉所陷害。一切的境遇稍有头绪，一切刚在恢复时，一个大傻子同一个军籍中人，在她住处弄出了流血命案，这命案牵累到她，使她在一个军人法庭，受了严格的质问。这审判主席便是那个老兵将军，在她的供词里，她稍稍提到一点过去诙奇不经的命运。

命案结束后，这老兵将军成了她妆台旁一位服侍体贴的仆人。经过不久时期，她却成了老兵将军的秘密别室。倦于风尘的感觉，使她性情发生了很大的变化。若这种改变是不足为奇的，则简直可以说她完全变了。在她这方面看来，老兵将军虽然人老了一点，却是在上一次命案上帮得有忙的人；在老兵将军方面，则似乎全为了怜悯而作这件事。老兵将军按月给她一笔足支开销的用费，一面又用那个正直节欲的人格，唤起了她点近于宗教的感情。当老兵将军过××作军长时，她也跟了过去，另外住到一个很少有人知道的地方。老兵将军生时，有两年的日子，她很可以说极规矩也极幸福。可是××事变发生，老兵将军死去了。她一定会这样问过自己："为什么我不愿弃去的人，总先把我弃下？"这自然是命运！这命运不由得不使她重新来思索一下她自己此后的事情！

她为了一点预感，或者她看得出应当在某一时还得一个男子来补这个丈夫的空缺。但这个妇人外表虽然还并不失去引人注意的魔力，心情因为经过多少爱情的蹂躏，实在已经十分衰老不堪磨折了。她需要休息，需要安静，还需要一种节欲的母性的温柔厚道的生活。至于其他华丽的幻想，已不能使她发生兴味，十年来她已饱餍那种生活，而且十分厌倦了。

因此一来，她到了老兵俱乐部。新的职务恰恰同她的性情相合，处置一切铺排一切原是她的长处。虽在这俱乐部里，同一般老将校常在一处，她的行为是贞洁的。他们之间皆互相保持到尊敬，没有亵渎的情操，使他们发生其他事故。

这一面到这时应当结束一下，因为她是在一种极有规则的朴素生活中，打发了一堆日子的。可是有一天，那个上校把他的少年体面朋友邀到老兵俱乐部去了，等到那上校稍稍感觉到这件事情作错了时，已经来不及了。

还只是那个上尉阶级的朋友，来到××二十天左右，×师的参谋主任，把他朋友邀进了老兵俱乐部。这俱乐部来往的大多数是上了点年纪的人物，少年军官既吓怕到上级军官，又实在无什么趣味，很少有见到那么英拔不群的年青人来此。两人在俱乐部大厅僻静的角隅上，喝着最高贵的白铁酒同某种甜酒，说到些革命以来年青人思想行为所受的影响。那时节图书间有两个人在阅览报纸，大厅里有些年老军人在那里打牌，听到笑声同数筹码的声音以外，还没有什么人来此。两人喝了一会儿，只见一个女人，穿了件灰色绸缎青皮作边缘的宽博袍子，披着略长的黑色光滑头发，手里拿了一束朱花，走过小餐厅去。那上校见了女人，忙站起身来打着招呼。女人也望到这边两个人了，点了一下头，一个微笑从那张俊俏的小小嘴角漾开去，到脸上同眼角散开了。那种尊贵的神气，使人想起这只有一个名角在台上时才有那么动人的丰仪。

那个青年上尉，显然为这种壮观的华贵的形体引起了惊讶，当他老友注意到了他，同他说第一句话时，他的矜持失常处，是不能隐瞒到他的老友那双眼睛的。

上校将杯略举，望到年青人把眉毛稍稍一挤，做了一个记号，意思像是要说：“年青人，小心一点，凡是使你眼睛放光的，就常常能使你中毒，应当明白这点点!”

可是另一个有一点可笑的预感，却在那上校心中蕴蓄着，还同时混合了点轻微的妒嫉，他想到，“也许一个快要熄灭了的火把，同一个不曾点过的火把并在一处，会放出极大的光来”。这想象是离奇的，他就笑了。

过一刻，女人从原来那个门边过来了，拉着一处窗口的帷幕，指点给一个穿白衣的侍者，嘱咐到侍者好些话，且向这一边望着。这顾盼从上尉看来，却是那么尊贵的，多情的。

“上校，日里好，公事不多吧。”

被称作上校的那一个说：“一切如原来样子，不好也不坏。‘受人尊敬的星子，天保佑你，长是那么快乐，那么美丽。’”后面两句话是这个人引用了几句书上话语的，因为那是一个绅士对贵妇的致白，应当显得谦逊而谄媚的，所以他也站了起来，把头低了一下。

女人就笑了。“上校是一个诗人，应当到大会场中去读××的诗，受群众的鼓掌！”

“一切荣誉皆不如你一句称赞的话。”

“真是一个在这种地方不容易见到的有学问的军官。”

“谢谢奖语，因为从你这儿听来的话，即或是完全恶骂，也使人不易忘掉，觉得幸福。”

女人一面走到这边来，一面注目望到年青上尉，口上却说：“难道上校愿意人称为‘有严峻风格的某参谋’吗？”

“不，严峻我是不配的，因为严峻也是一种天才。天才的身分，不是人人可以学到的！”

“那么有学问的上校，今天是请客了吧？”女人还是望到那个上尉，似乎因为极其陌生，“这位同志好像不到过这里。”

上校对他朋友看看，回答了女人：“我应当来介绍介绍；这是我一个朋友，……郑同志，……这是老兵俱乐部主持人，××小姐。”两个被介绍过了的皆在微笑中把头点点。这介绍是那么得体的，但也似乎近于多余的，因为爱神并不先问清楚人的姓名，才射出那一箭。

那上校接着还说了两句谑不伤雅的笑话，意思想使大家自由一点，放肆一点，同时也许就自然一点。

女人望到上校微微的笑了一下，仿佛在说着："上校，你这个朋友漂亮得很。"

但上校心里却俨然正回答着："你咧，也是漂亮的。我担心你的漂亮是能发生危险的，而我朋友漂亮却能产生愚蠢的。"自然这些话他是不会说出口的。

女人以为年青军人是一个学生了，很随便的问："是不是骑兵学校的?"

上校说："怎么，难道我带了马夫来到这个地方吗?聪明绝顶的人，不要嘲笑这个没有严峻风度的军人到这样子!"

女人在这种笑话中，重新用那双很大的危险的眼睛，检察了一下桌前的上尉，那时节恰恰那个年青人也抬起头来，由于一点力量所制服，年青人在眼光相接以后，腼腆的垂了头，把目光逃遁了。女人快乐得如小孩子一样的说："明白了，明白了，一个新从军校出来的人物，这派头我记起来了。"

"一个军校学生，的确是有一种派头吗?"上校说时望到一下他的朋友，似乎要看出那个特点所在。

女人说："一个小孩子害羞的派头!"

不知为什么原因，那上校却感到一点不祥兆象，已在开始扩大，以为女人的言语十分危险，此后不很容易安置。女人是见过无数日月星辰的人，在两个军人面前，那么随便洒脱，却不让一个生人看来觉得可以狎侮，加之，年龄已到了三十四五，应当不会给那年青朋友什么难堪了。但女人即或自己不知自己的危险，便应当明白一个对女人缺少经验的年青人，自持的能力却不怎么济事，很容易为她那点力量所迷惑的。可是有什么方法，不让那个火炬接近这个火炬呢？他记起了从老兵将军方面听来的女人过去的命运，他自己掉过头去苦笑了一下，把一切看开了。

但女人似乎还有其他事情等着，说了几句话却走了。

上校见到他的年青朋友，沉默着没有话说，他明白那个原因，且明白他的朋友是不愿意这时有谁来提到女人的，故一时也不曾作声。可是那年青朋友，并不为他所猜想的那么做作，却坦白的向他老朋友说："这女人真不坏，应当用充满了鲜花的房间安顿她，应当在一种使一切年青人的头都为她而低下的生活里生活，为什么却放到这里来作女掌柜？"

上校不好怎么样告给他朋友女人所有过去的历史。不好说女人在十六年前就早已如何被人逢迎，过了些热闹日子，更不好将女人目前又为什么才来到这地方，说给年青人知道，只把话说到别方面去："人家看得出你军校出身的，我倒分不出什么。"

那年青上尉稍稍沉默了一下，像是在努力回想先一刻的某种情景，后来就问：

"这女人那双眼睛，我好像很熟习。"

上校装作不大注意的样子，为他朋友倒了一杯甜酒，心里想说："凡是男子对于他所中意的眼睛，总是那么说的。再者，这双眼睛，也许在五六年前出名的图书杂志上，就常常可以看到！"

后来谈了些别的话，年青人不知不觉尽望到女人去处那一方，上校那时已多喝了两杯，成见慢慢在酒力下解除了，轻轻的向他朋友说：

"女人老了真是悲剧。"他指的是一般女人而言，却想试试看他的朋友是不是已注意到了先一时女人的年龄。

"这话我可不大同意。一个美人即或到了五十岁，也仍是一个美人！"

这大胆的论理，略略激动了那个上校一点自尊心，就不知不觉怀了点近于恶意的感情，带了挑拨的神气，同他的年青朋友说："先前那个，她怎么样？她的聪明同她的美丽极相称……你以为……"

年青上尉现出年青人初次在一个好女子面前所受的委屈，被人指问是不是爱那个女子，把话说回来了。“我不高兴那种太……的女子的。”他说了谎，就因为爱情本身也是一种精巧的谎话。

上校说：“不然，这实在是一个希见的创作，如果我是一个年青人，我或许将向她说：‘老板，你真美！把你那双为上帝留心的手臂给了我吧。我的口为爱情而焦渴，把那张小小的樱桃小口给了我，让我从那里得到一点甘露吧。’……”

这笑话，在另一时应当使人大笑，这时节从年青上尉嘴角，却只见到一个微哂记号。他以为上校醉了，胡乱说着，而他自己，却从这个笑话里，生了自己一点点小气。

上校见到他年青朋友的情形，而且明白那种理由，所以把话说过后笑了一会。

“郑同志，好兄弟，我明白你。你刚才被人轻视了，心上难过，是不是？不要那么小气吧。一个有希望有精力的人，不能够在女子方面太苛刻。人家说你是小孩子。你可真……不要生气，不要分辩；拿破仑的事业不是分辩可以成功的，他给我们的是真实的历史。让我问你句话，你说吧，你过去爱过或现在爱过没有？”

年青上尉脸红了一会，并不作答。

“为什么用红脸来答复我?”

“我红脸吗?”

“你不红脸的，是不是？一个堂堂军人原无红脸事情。可是，许多年青人见了体面妇人都红过脸的。那种红脸等于说：别撩我，我投降了！但我要你明白，投降也不是容易事，因为世界上尽有不收容俘虏的女人。至于你，你自然是一个体面俘虏!”

年青上尉看得出他的老友醉了，不好怎么样解释，只说：“我并不想投降到这个女人面前，还没有一个女人可以俘虏我。”

“吓，吓，好的，好的。”上校把大拇指翘起，咧咧嘴，做成“佩服高明同意高见”的神气，不再说什么话。等一会又说：“是那么的，女人是那么的。不过世界上假若有些女人还值得我们去作俘虏时，想方设法极勇敢的去投降，也并不是坏事。你不承认吗？一个好军人，在国难临身时，很勇敢的去打仗，但在另一时，很勇敢的去投降，不见得是可笑的!”

“……”

“……”

说着女人恰恰又出来了，上校很亲昵的把手招着，请求女人过来：

“来来，受人尊敬的主人，过来同我们谈谈。我正同这位体面朋友谈到俘虏，你一定高兴听听这个。”

女人已换了件紫色长袍，像是预备出去的模样，见上校同她说话，就一面走近桌边，一面说：“什么俘虏？”女人虽那么问着，却仿佛已明白那个意义了，就望到年青上尉说：“凡是将军都爱讨论俘虏，因为这上面可以显出他们的功勋，是不是？”

年青上尉并不隐避那个问题的真实：“不是，我们指得是那些为女人低头的……”

女人站在桌旁不即坐下，注意的听着，同时又微笑着，等到上尉话说完后，似乎极同意的点着头：“是的，我明白了。原来这些将军常常说到的俘虏，只是这种意思！女人有那么大能力吗？我倒不相信。我自己是一个女人，倒不知道被人这样重视。我想来或者有许多聪明体面女子，懂得到她自己的魔力。一定有那种人，也有这种人；如像上校所说‘勇敢投降’的。”

把话说完后，她坐到上校这一方，为的是好对了年青上尉的面说话。上校已喝了几杯，但他还明白一切事情，他懂得女人说话的意思，也懂得朋友所说的意思，这意思虽然都是隐藏的，不露的，且常常和那正在提到的话相反的。

女人走后，上校望到他的年青朋友，眼睛中正煜爚一种光辉。他懂得那种光辉，是为什么而燃烧为什么而发亮的。回到师部时，同那个年青上尉分了手，他想起未来的事情，不知为什么觉得有点发愁。平常他并不那么为别的事情挂心，对于今天的事可不大放心得下。或者，他把酒吃多了一点也未可知。他睡后，就梦到那个老兵将军，同那个女人，像一对新婚夫妇，两人正想上火车去，醒来时间已夜了。

一个平常人，活下地时他就十分平常，到老以后，一直死去，也不会遇到什么惊心骇目的事情。这种庸人也有他自己的好处，他的生活自己是很满意的。他没有幻想，不信奇迹，他照例在他那种沾沾自喜无热无光生命里十分幸福。另外一种人恰恰相反。他也许希望安定，羡慕平庸，但他却永远得不到它。一个一切品德境遇完美的人，却常常在爱情上有了缺口。一个命里注定旅行一生的人，在梦中他也只见到旅馆的牌子，同轮船火车。“把老兵俱乐部那一个同师部参谋处服务这一个，像两把火炬并在一起，看看是不是燃得更好点？”当这种想象还正在那个参谋主任心中并不十分认真那么打算时，上帝或魔鬼，两者必有其一，却先同意了这件事，让那次晤谈，在两个人印象上保留下一点拭擦不去的东西。这东西培养到一个相当时间的距离上，使各人在那点印象上扩大了对方的人格。这是自然的，生疏能增加爱情，寂寞能培养爱情，两人那么生疏，却又那么寂寞，各人看到对面最好的一点，在想象中发育了那种可爱的影子，于是，老兵俱乐部的主持人，离开了她退隐的事业，跑到上尉住处，重新休息到一个少壮热情的年青人胸怀里去，让那两条结实多力的臂膀，把她拥抱得如一个处女，于是她便带着狂热羞怯的感觉，作了年青人的情妇了。

当那个参谋上校从他朋友辞职呈文上，知道了这件事情时，他笑着走到他年青朋友新的住处去，用一个伯父的神气，嘲谑到他自己那么说："这事我没有同意神却先同意了，让我来补救我的过失吧。"他为这两个人证了婚，请这两个人吃了酒，还另外为他的年青朋友介绍了一个工作，让这一对新人过武汉去。

日子在那些有爱情的生活里照例过得是极快的，虽然我住在××，实在得过了他们很多的信，也给他们写了许多信。我从他们两人合写的信上，知道他们生活过得极好，我于是十分快乐，为了那个女子，为了她那种天生丽质十余年来所受的灾难，到中年后却遇到了那么一个年青，诚实，富有，一切完美无疵的男子，这份从折磨里取偿的报酬，使我相信了一些平时我决不相信的命运。

女人把上尉看得同神话中的王子，女人近来的生活，使我把过去一时所担心的都忘掉了。至于那个没有同老友商量就作了这件冒险事情的上尉呢？不必他来信说到，我也相信，在他的生活里，所得到的体贴与柔情，应当比作驸马还幸福一点。因为照我想来，一个年纪十九岁的公主，在爱情上，在身体上，所能给男子的幸福，会比那个三十五岁的女人更好更多点，这理由我还找寻不出的。

可是这个神话里的王子，在武汉地方，一个夜里，却忽然被人把眼睛用药揉坏了。这意外不幸事件的来源，从别的方面探听是毫无结果的。有些人以为由于妒嫉，有些人又以为由于另一种切齿。女人则听到这消息后晕去过几次。把那个不幸者抬到天主堂医院以后，请了好几个专家来诊治，皆因为所中的毒极猛，瞳仁完全已失了它的能力。得到这消息，最先赶到武汉去的，便是那个上校。上校见到他的朋友，躺在床上，毫无痛苦，但已经完全无从认识在他身边的人。女人则坐到一旁，连日为忧愁与疲倦所累，显得清瘦了许多。那时正当八点左右，本地的报纸送到医院来了。因为那几天××正发生事情，长沙更见得危迫，故我看了报纸，就把报纸摊开看了一下。要闻栏里无什么大事足堪注意，在社会新闻栏内，却见到一条记载，正是年青上尉所受的无妄之灾一线可以追索的光明，报纸载“九江捉得了一个行使毒药的人，只须用少许自行秘密制的药末，就可以使人双眼失明。说者谓从此或可追究出本市所传闻之某上尉被人暗算失明案”。上校见到了这条新闻，欢喜得踊跃不已，赶忙告给失明的年青朋友。可是不知为什么，女人正坐在一旁调理到冷罨纱布，忽然把磁盘掉到地下脸色全变了。不过在这报纸消息前，谁都十分吃惊，所以上校当时并没有觉得她神色的惨怛不宁处，另外还潜伏了别的惊讶。

武汉眼科医生，向女人宣布了这年青上尉，两只眼睛除了向施术者寻觅解药，已无可希望恢复原来的状态。女人却安慰到她的朋友，只告他这里医生已感到束手，上海还应当有较好医生，可以希望有方法能够复元。两人于是过上海去了。

整整的诊治了半年，结果就只是花了很多的钱还是得不到小小结果。两夫妇把上海眼科医生全问过了，皆不能在手术上有何效果。至于谋害者一方面的线索，时间一久自然更模糊了。两人听到大连有一个医生极好，又跑到大连住了两个月，还是毫无办法。

那双眼睛看来已绝对不能重见天日，两人决计回家了。他们从大连回到上海，转到武汉。又见到了那个老友，那个上校。那时节，上校已升任了少将一年零三个月。

三

上面那个故事，少将把它说完时，便接着问我："你想想，这是不是一个离奇的事情？尤其是那女人，……"

我说："为什么眼睛会为一点药粉弄坏？为什么药粉会揉到这多力如虎的青年人眼睛中去？为什么近世医学对那点药物的来源同性质，也不能发现它的秘密？"

"这谁明白？但照我最近听到一个广西军官说的话看来，瑶人用草木制成的毒药，它的力量是可惊的，一点点可以死人，一点点也可以失明。这朋友所受的毒，我疑心就是那方面得来的东西，因为汉口方面，直到这时还可以买到那古怪的野蛮的宝物。至于为什么被人暗算，你试想想，你不妨从较近的几个人去……"

我实在就想不出什么人来。因为这上尉我并不熟习，也不大明白他的生活。

少将在我耳边轻轻的说："你为什么不疑心那个女人，

因为爱他的男子，因为自己的渐渐老去，恐怕又复被弃，作出这件事情？”

我望到那少将许久说话不出，我这朋友的猜想，使我说话滞住了。“怎么，你以为会……”

少将大声的说：“为什么不会？最初那一次，我在医院中念报纸上新闻时，我清清楚楚，看到她把手上的东西掉到地下去，神气惊惶失措。三天前在太平洋饭店见到了他们，我又无意识的把我在汉口方面听人所说‘可以从某处买瑶人毒药’的话告给两夫妇时，女人脸即刻变了色，虽勉强支持到，不至于即刻晕去，我却看得出‘毒药’这两个字同她如何有关系了。一个有了爱的人，什么都作得出，至于这个女人，她做这件事，是更合理而近情的！”

我不能对我朋友的话加上什么抗议，因为一个军人照例不会说谎，而这个军人却更不至于说谎的。我虽然始终不大相信这件事情，就因为我只见到这个妇人一面。可是为什么这妇人给我的印象，总是那么新鲜，那么有力，一年来还不消灭？也许我所见到的妇人，都只像一只蚱蜢，一粒甲虫，生来小小的，伶便的，无思无虑的。大多数把气派较大，生活较宽，性格较强，都看成一种罪恶。到了春天或秋天，都能按照时季换上它们颜色不同的衣服，都会快乐而自足的在阳光下过它们的日子，都知道选择有利于己有媚于己的雄性交尾。但这些女子，不是极平庸，就是极下贱，没有什么灵魂，也没有什么个性。我看到的蚱蜢同甲虫，数量可太多了一点，应当向什么方向走去，才可以遇到一种稍稍特别点的东西，使回忆可以润泽光辉到这生命所必经的过去呢？

那个妇人如一个光华眩目的流星，本体已向不可知的一个方向流去毁灭多日了，在我眼前只那一瞥，保留到我的印象上，就似乎比许多女人活到世界上还更真实一点。

厨子

一

某一年暑假以后，有许多大学教授，怀了冒险的感情，向位置在长江中部一个大学校集中，到地以后，大家才明白那地方街道的肮脏，人心的诡诈，军队的多而邋遢，饮食居处的麻烦，全超乎这些有学问的先生们原来的想象以上。

在我同事中我认识大学校理学院一个高教授，一个从嘴唇，或从眼睛，额头，任何一部分，一望而知平时是性情很正直很厚道的人。可是这人到学校时，对于学生的功课可十分认真，回到家中，则对于厨子的菜饭也十分认真。这种天生的不能于这两件事上协妥的性情，使他到××以后，在学校，则懒惰一点的学生，自然而然对他怀了小小反感，照到各处大学校所流行的风气，由其中一个最懒惰的学生领头，用表面看来十分公正的理由，只想把这个人打发走路。回到家中，因为那种认真讲究处，雇来的厨子，又只想自己走路。本来做主人的，就应当知道，每一个厨子在做厨子以前，已经就明白这事情是必得收取什一之利的。遇到主人大方一点时，他们还可以多得一些。遇到他们自己聪明一点时，即或在很严厉的主人手下做事，也仍然可以手续做得极其干净巧妙，把厨房中米、煤、猪油，以及别的什么，搬回自己家里去。一个最好的厨子，能够作出很可口的菜蔬，同时也一定是一个很会揩油的人。这些情形可不能得到高教授的原谅，这种习惯同他的科学家求真态度相反。因此在半年中这人家一共换了三回厨子，到后来把第三个厨子打发走路以后，就不得不自己上市场，要新太太陪房的小丫头烧火，要高太太掌锅炒菜了。可是这么办理自然不能维持下去，高太太原同许多做新式太太的一样，装扮起来安置在客厅中，比安置到厨房中似乎相称一点。虽最初几天，对于炊事仿佛极有兴味，过不久，终于明白那不是一会事了。后来高教授到处托熟人打听，找一个不是本地生长的厨子，条件只是“人要十分爽直，即或这人是一个军队中的火夫，单会烧火洗菜也行”。大约一个礼拜左右，于是就有一个样子规规矩矩的年青人，随了同事某教授家的老厨子拿了同事某教授的信件，来到公馆听候使唤了。

新来的人似乎稍微笨了一点，一望而知不是本地的人，照到介绍信上所说，这人却才随从一个军官来此不久，军官改进学校念书，这人又不敢跟别一军官作事，所以愿意来作大司务。介绍信上还那么写着："人没有什么习气，若不嫌他太笨，不妨试用几天看看。"

来的第一天，因为某教授家老厨子的指点，做了一顿中饭，把各样事还办得有条有理。吃饭时，这新来的厨子，一面侍候到桌旁，一面就答复主人夫妇一切的询问，言语清清楚楚，两夫妇都十分满意。他们问他住到什么地方，说并没有固定住处，因此就要他晚上住在厨房隔壁小间里。饭后这厨子就说，应当回去取一点东西，办一下事情，准四点以前回来，请求主人允许。这自然没有什么问题！到后这厨子因为记起上市场来回路倒很方便，且把晚饭菜钱也带走了。

下午在学校我见到了高教授，他就邀我到他家来吃晚饭。且告给我他已经雇了一个新的厨子，从军队中来的，看样子一定还会作红闷狗肉。照规矩说来，他每换一回厨子时，总先要我去吃一顿饭，我没有什么理由，可以拒绝朋友这样一种善意的邀请，于是就答应了。

可是不知出了什么岔子，这大司务到了应当吃晚饭的时候还不见回来，两夫妇因为请了一个客人在家里，不什么好意思，因为他们谈到这大司务是初来××不久的，且在军队里住过，我就为他们找寻各样理由来解释，这厨子既来到这里不久，也许走错了路，找不到方向，也许痴头痴恼看街上的匾对，被军马踹伤了。也许到菜市同人打架，打伤了人或被人打伤，宪兵来捉到衙门去了。我们一面谈话一面望到窗外，可不行，窗外天气慢慢的夜下来了。两夫妇都十分不高兴，很觉得抱歉，亲自下厨房去为我煮了些面吃，到后又拿了些点心出来，一面吃一面谈到一些请客的故事，一面等候那个大司务。一直到上灯以后，听到门铃子铛铛的响了一阵，有人自己开栅门横闩的声音，又听到关门，到后却听到有人走进厨房去了。

高教授就在屋里生着气大声问着：

"道清，是你吗?"

小丫头也忙着走出来看是谁。

怎么不是他？这人听到主人喊他，并不作声，一会儿，就同一尾鱼那么溜进房中来了。一眼望去，原来是一个从头到脚都是乡下人的傻小子。这人知道情形不什么好，似乎有点恐惧，怯怯的站到门边，怯怯的问：

“老爷，吃了吗?”

教授板起脸不作声，我猜他意思似乎在说，“吃了锅铲”，不消说他生气了。

太太因为看到先生不高兴，还记到有客，就装着严肃的样子说：“道清，你买一天的菜，到什么地方去了?”

“我因为走到……”他在预备说谎吧，因为先生的神气不大好看，可不能说下去了。

教授说：“道清，你一来我就告你，到我这里做事，第一是不许说谎。你第一天就这种样子，让我们饿了一顿。我等你的菜请客！什么鬼把你留住这样久？你若还打量在我这里做事，全为我说出来。”

这厨子十分受窘，嚅嚅嗫嗫，不知所措。因为听到有客，就望了我一眼，似乎要我说一句话。我心里正想：我今天一句话也不说，看看这三个人怎么办。

教授太太说：“鱼买来了吗?”

“买来了。”

“我以为你同人吵架抓到衙门去了。”教授太太说着，显然想把空气缓和下来，可是望到先生神气，知道先生脾气，厨子不说实话，明天就又得打发走路，所以赶忙接着又说，“道清，这一天你过什么地方去了？全告给先生，不能隐瞒。”

教授说："想到这里做事，就不能说谎。"

稍稍过了一会，沉静了一会，于是这厨子一面向门边退去，俨然预备逃走的样子一面说着下面的事情，教授太太不欢喜听这些案子，走进卧房去了。

二

下午一点钟，上东门边街上一家小小屋子里，有个男子（有乡下人的相貌），坐到一张短腿结实的木椅子上，昂起那颗头颅，吸了很久的美丽牌香烟，唱了一会革命歌，吹了一会哨子。他在很有耐心的等候一个女人，女人名字叫做二圆。

二圆是一个大脚大手脸子宽宽的年纪十九岁的女人。像她那种样子，许多人都知道是津市的特产。凡明白这个地方妇人的，就相信这些妇人每一夜陪到一个陌生男子做什么丑事情，一颗心仍然永远不会变坏。一切折磨也不能使这个粗制家伙损毁什么，她的身体原是仿照到一种畜生造成的。一株下贱的树，像杨柳那种东西，丢到什么地方就在什么地方生枝发叶，能从一切肥沃的土壤里吸取养料，这个××的婊子，就从她的营业上得到养料。这女人全身壮实如母马，精力弥满如公猪，平常时节不知道忧愁，放荡时节就不知道羞耻。

这女人如一般××地方边街接客的妇人，说话时爱把头略略向右边一偏，照习气把髻子团成一个大饼，懒懒的贴到后颈窝，眉毛用人工扯得细长成一条线，一双短短的肥手上戴四颗镀金戒子，穿的常是印花洋布衣服，照流行风气大袖口低领，衣襟上长悬挂一串牙签挖耳，裤头上长悬挂一把钥匙和到一串白铜制钱。平生会唱三五十个曲子，客来时就选出所爱听的曲子随意唱着，凡是流行的军歌，革命歌，党歌，无一不能上口。从那个元气十足的喉咙里，唱出什么时，字音不含糊处，常常得到许多在行的人称赞。按照××地方规矩，从军界中接来熟客，每一个整夜，连同宵夜酒面杂项，两块钱就可以全体打发了事。从这个数目上，二圆则可以得到五毛钱。有时遇到横蛮人物，走来房里一坐，大模大样的吃烟剥瓜子，以后还一定得把所要作的事完全作过，到后开了门拔脚跑了，光着身子睡在床上的二圆，震于威势，抱了委屈，就拥了被头大声哭着，用手按到胸脯上，让那双刚才不久还无耻的放光的眼睛，流泻无量屈辱的眼泪。一直等到坐在床边的老娘，从那张干瘪的口中，把所有用为诅咒男子的话语同一切安慰的话说尽，二圆就心里想想，

“当真是被狗咬了一口”，于是才披了衣爬起床来，光着下身坐到那床边白木马桶上面去。每逢一个宽大胸膛压到她胸膛上时，她照例是快乐的，可是为什么这件事也有流泪的时候？没有什么道理，一切都成为习惯，已经不知有多久，做这件事都得花钱才行：若是霸蛮不讲规矩，她们如何吃饭，如何送房租，如何缴警捐？关于警察捐，她们敢欠账么？谁都知道，这不是账，这是不能说情的。

二圆也有亲戚朋友，常常互相来往，发生什么事情时，便按照轻重情分，送礼帮会，这时还不回来，就因为到一个亲属家贺喜去了。

年青男子，等候了很久，还不见到二圆回来，望到坐在屋角较暗处的妇人，正想说话。这是一个干瘪皱缩了的老妇人，一身很小，似乎再缩小下去就会消灭的样子。这时正因为口里含了一小粒冰糖，闭着双目，坐在一个用大木桶改造而成的靠椅上，如一只垂死的母狗，半天来丝毫不动。远处正听到什么人家还愿，吹角打鼓，声音十分动人。那妇人似乎忽然想到派出去喊叫二圆的五柱丫头，一定留到人家做法事的场坪里，观看热闹，把一切正经事都忘掉了，就睁开了那双小小枯槁的眼睛，从天窗上望望天气，又偷偷的瞅了一下那个年青的客人。她原来还是活的，她那神气，是虽为上天所弃却不自弃的下流神气。

“大爷，”那妇人声音像从大瓮中响着的一种回声，“我告诉你我要的那个东西，怎么总得不到。”

“你要什么?”

妇人把手掏出了口中的冰糖狡猾的噫着气。“你装不明白，你装忘记。”

那男子说：“我也告过你，若果你要的是胆，二圆要的是心，就叫二圆用刀杀了我，一切都在这里！你可以从我胸膛里掏那个胆，二圆可以从我胸膛掏那颗心，我告诉你作的事，为什么不勒追到二圆下我的手?”

妇人说：“我听人说你们杀人可以取胆，多少大爷都说过！你就不高兴做这件好事，这些小事情就麻烦了你。你不知道老年人心疼时多难受。天下人都明白治心疼的好药是什么；他们有钱人家用熊胆，轮到我们，自然只有就方便用点人胆。河码头不是成天杀人吗？你同那些相熟的副爷打打商量，为我花两百钱，请他们喝一碗酒，在死人身上，取一个胆算什么事。”

“你听谁说这是药?”

“要说出姓名吗？这又不是招供。我不是小孩子，我已活了七十七岁。就是小孩子，你回头问五桂，她就知道这是一种药!”

那男子笑了，觉得要变一个方法，说得别的事情才行了，“老娘，我可是只知二圆是一种好药！伤风，头痛，同她在一块，出一点汗，一会儿就会好的!”

“哼，你们害病就不必二圆也会好的!”

“你是不是说长官的皮靴同马鞭，照例就可以使我们出汗?”

“你那么说，我倒不大相信咧。”

“可是我现在改行了。”

“怎么，你不是在杨营副那里吗?”

“他进了高级军官班读书，我做了在大学堂教书先生的厨子。”

“为什么你去做厨子，不到营上求差事。”

男子不作声，因为他没有话可答应，一会儿妇人又说：

“你营副是个标致人，将来可以升师长!”

“你说了三次。”

“我说一百次也不是罪过。”

“你是不是又要我为你传话，说是住在边街上一妇人，有点儿小名，也夸奖称赞过他很美。是不是?”

“我赌你这样去说吧。你就说：住在河街刘五娘，向人称扬他，夸奖他，也不是辱没他什么的一件事!”

“谁说你辱没他？谁不知道刘五娘的名字？谁不会……”

妇人听着，在枯瘦如拳头大小的脸下，小小的鼻子，掀动不已。男子望到这样子十分好笑，就接着说：“我告他，还一定可以得一笔奖赏吧。”

妇人这时正把那粒冰糖塞进口里，又忙着挖出来。“当然的，他会奖赏你!”

“他会赏我一顿马鞭。”

“这更是你合用的。我就听到一个大爷说过，当下人的不常常挨一顿打，心里就一定不习惯。”

两人都笑了，因此男子就在这种很亲切的戏谑中，喊了一声“老婊子”。妇人像从这种称呼上触动了些心事，自己也反复说“老婊子”好几次。过后，自言自语的神气说：

“老妹子五十年前，在大堤上时，你去问问住在药王宫里面那个更夫，他会告你老婊子不老时，如何过的日子!”

男子就说：“从前让别人骑，如今看别人骑罢了。”

“可是谁个女子不做这些事？运气好做太太，运气不好就是婊子，有什么奇怪？你莫说近来住到三分里的都督总统了不起，我也做过状元来的!”

“我不相信你那种无凭无据的瞎凑。”

“要凭据吗？又不是欠债打官司。我将告你几十年前的白日同晚上，目前天上的日头和月亮帮我做见证，那些官员，那些老板，骑了大黑马到我的住处，如何跳下马来，把马系在门前杨柳树下，走进我房里来问安！如何外面的马嘶着闹着，屋里双台重台的酒摆来摆去。到后水师营标统来了，在我底袖上题诗，用官太太的轿子，接我到黄鹤楼上去赏月，……”

“老娘，真看不出这样风头过来。”

“你不相信，是不是？我先要好好的赌一个大咒，再告你那些阔老对我要好的事情。我记不了许多，仍然还记到那个候补道从自己腰上解下那条绣花腰带围到我身上，为我燃蜡烛的事。我赌咒我不忘记一个字。”

男子因为看到这妇人发着喘，好像有一千句话同时争到要从那一张枯瘪的口中出来，就说：“我信你了！我信你了！”希望老娘莫因为自己的话噎死。

“我要你明白，我要你明白，”说时这老妇人就勉强的站了起来，想走到里间二圆平时陪客烧烟睡觉的房间里去，一站起身时，就绊着一张小小墪脚凳，身向左右摇摆了许久，男子心想说“老娘你不要摔死，送终也没有一个人”，可是这时从那妇人干缩了的脸嘴上，却看出一点笑容，因这笑容也年青了。男子这时正把手中残烟向地上一抛，妇人望到了，忙走过去用脚乱蹂乱踹，踹了几下，便转到里间取证据去了。

过了一会，只听到里边妇人咯咯的痰嗽声音，好像找了半天，还找不出什么东西。男子在外边很难受的说道：“都督，将军，司令官，算了吧。鬼要知道你的履历！我问你的话，你来呀！我问你，我应当在这里等到什么时候？你家小婊子过了江还是过了湖？我不是水师营统领，我不能侍候她像侍候钦差！”

老妇人还在喘着，像不曾听到这些话，忽然发现了金矿似的，一面咯咯咳着，一面颤声喊叫：“呀，呀，老婊子要你知道这个东西！”

原来她把那条绣花腰带找到了，正从一堆旧东西里拉那条腰带的一头，想把它拉出来，却已没有力气。

那时门外腰门铃子响了，男子站起身子来走到门罅看了一下，见是五桂伴同二圆回来了，就跑去开门。女人刚一进门，就为男子抱着了，因为望到女人的头发乱乱的，就说：“二圆婊子，你大白天陪谁睡觉，头发乱到这样子？”

二圆说：“陪谁睡觉……砍头的！说前天来又不来，害娘杀了鸡，生了半天气！”

“我不是说不能来吗？”这时已到房里了，“来，老娘，要五桂拿壶去茂昌打酒来，买一点花生，快一点！”

“五桂，五桂，”二圆忙走到门边去，看五桂还在不在门外，可是五桂把事做完，屋中用不着她，早已跑到街头看迎会去了。二圆回头来，“丫头像鬼迷了她，生起翅膀飞，看巫师捉鬼去了！”

“五桂手心该每天打五十。”男子把二圆拉着，粗率的，不甚得体的，嗅着二圆的发髻，轻轻的说：“还有一个人的嘴唇该每天亲五十。”

两人站在房门边很响的亲了一个嘴，那个老妇人半秃的头，从里间肮脏帘子角上现出来了。“二圆，乖女儿，你来，帮到我一手，抬抬……”二圆不知作什么事，故走进里房去，男子也就跟着进去，却站到帘帷边眺望。

因为那条腰带还压在许多东西下面，总拖不出来，故要二圆帮她一下忙。二圆进去时，妇人带点抱怨神气说：“怎么等了你半天，你过什么地方去了呢？打牌输了，是不是？你为我取这个送大爷看看，他要看的。”正因为自己本来今天不打量出门，被老娘催到去，过去以后到那边玩得正好，又被五桂叫回来，没甚好气，如今却见到要取这条旧腰带，弄得箱箧很乱，二圆有点冒火了。

二圆说："老娘你做什么胡涂事，把一房都弄乱了！"

"我取这个！"

"你取这东西有什么用处？回头你又要我来清理！"

"为什么我不能把它取出来？我同大爷说到我年青的故事，说了半天，我让他看看这样东西，要他明白我过去的那些事情。"

"老娘，你真是……得了够了，谁都不要明白你过去的那些事情！除了你自己一个人记着，在白日里闭了眼睛来温习，谁都不要。"

妇人好像要说"二圆，我不同你吵架"，因为怕这话不得体，就只道："你为我做好事，取一取，莫管谁要谁不要。"

二圆很厌烦的样子走到床边去，从一些杂乱的物件里，拉取那一条腰带，拉了一阵，也取不出来。男子看到好笑，就走来帮着作这件事，站到二圆身后，把手从女人胁下伸过去，只轻轻一拖，就拖出来了，因为女人先是用着力的，这一来，二圆就跌到男子身上了。老娘看到好笑，却明白这是二圆故意做成的计策就不过去扶二圆，只在旁边背过了脸去，好让年青人亲嘴。

男子捏到这条脏而且旧已经失去了原来形色的丝质腰

带，放到鼻子边闻了一下："老娘，宝物。"

二圆也凑趣似的说："真是宝贝咧。"

妇人大致因为这种趣话受了点屈辱，如一般有可纪念东西的人，把东西给人看时，被人奚落以后同一神情，就抢了那条长长的带子，围到自己身上，现出年轻十岁的模样。"这东西再坏一点，它还是帮我保留到一段新鲜记忆。如今我是老货了，我是旧货了，让你们去说吧。一个老年人，自然从年青人的口里讨不到什么好处，可是这条带子比你们待我好多了！它在这里，它就给我一种自信，使我相信我也像你一样生龙活虎活到这个世界上过了一些日子。不止这点点，它有时还告我留下这条带子的人，比你们还更活得尊贵体面！"

妇人显然是在同年青人赌气，二圆懂到她的意思，当到客面前不好生气，便不发作，只是一味好笑。笑够了，就说："老娘，你说这话有什么用处？谁敢轻视你？"

那男子也说："老娘莫多心，去打一点酒来吧，你可以多喝一杯。"

"我不希罕你的酒。我老了，酒不是灌到我们这种老年人嘴里的药了。"

"你可以买点糖，买点红枣，买点别的什么吧！圣母娘娘的供桌前，不是也得放有这两样东西吗?”这时男子从汗衣里掏出一块钱，热热的放到妇人手心里，并且把妇人的手掌合拢去，要她捏着那洋钱。“老娘，就去吧，回来时我听你说腰带的故事，我将来还得把这故事告给那个营副，营副还会告给师长!”

二圆说：“娘你生我的气了。”因为二圆声音很和平，好像在道歉，又好像在逗哄一个小孩子，妇人心软了，气平了，同时，一个圆形的东西挤在手心，使她记起了她的地位，她的身分了，就仍然恢复了老鸨的神气，谄媚的向男子望着，好像也在引疚自责的样子。到后却说：“买酒吗，什么酒?”

二圆于是把酒壶递给了妇人，走到了门前，又才记起身上所缠的那条腰带不大合式，赶忙解下来，抛到二圆手上，要说什么话，又不说出，忽然对男子做了一个无耻的放荡的姿势，才战摇摇的出去了。

妇人走后，二圆把那腰带向自己身上一围，又即刻解除了，就在手腕上打成一个大结子，向空中抛着，笑着说：“这宝贝，老娘总舍不得丢掉，我猜想什么时候我跟人走了时，她会用这个悬梁吊颈吧。”

“她什么时候一定会呛死，来不及做这种费力的事!”

“你不应当又让她喝酒！”

“她不是说不喝酒了吗？”

“她是这样说吧？她并不同你赌得有咒。你不要看她那样子，以为自己当真服老了！她尽是说梦到水师营统领骑白马黑马来拜访她。前一阵，还同一个后山营房看马的夫子，做了比喝酒还坏的事情。我只说了她一句话，就同我嚷，说又并不占我的一份了。”

“真是一个老鬼！”

“你骂她，说不定她会在酒里下毒药毒死你！”

二圆一面同男子说着这些粗野的笑话，一面尽把那腰带团儿向空中抛去，一下不小心，这东西为梁上一个钩子挂着了，这女人就放肆的笑着，靠到男子怀里去。因此一双那么粗糙的，似乎当时天上的王帝造就这个人时十分草率而成的臂膀，同一张卤莽的嘴唇，使二圆宽宽的脸子同结实的腰肢，都受了压迫。

“二圆，我的亲娘，不见你时多使人难受！”

“你的亲娘在即墨县推磨！”

“你是个妖怪，使我离你不开！”

“我做了妖怪，我得变男子到南京做官去，南京不是有多少官无人做吗？”

“你听谁说的?”

“人人都是这样说，报上什么官又不负责了，什么人又害病不能负责了，我想，我若是男子，我就去负责!”

“你妈妈的鬼，有这样好机会?”

二圆就咬着自己的下唇点着头。

这时男子记起听到妇人为他说到的关于二圆的故事，正想问二圆平生遇到不讲规矩的男子，一共有多少回，妇人回来了。

妇人把酒买来后，本来剩下的钱应当找角票，一定是因为别有用心，觉得换铜子合算一点，便勒迫到铺中人找铜子。回来时把一封双铜子放到男子手上去:“大爷，我不认识票子真假，所以找回来是现钱。”

“老娘，你拿回那么多钱，是不是存心把我压死?”

二圆可懂到老娘的心思了，就说:“娘，你真是……快拿回去换换吧。”

男子说:“谁要为这点小事派老娘走路呢? 老娘，不要去换，把钱收下吧。”

妇人在二圆面前无以自解:“我换去，我换去。”拿了一封铜子，就想往外走去。

可是男子认为这事情太麻烦了老娘，就说:“老娘，你不收这个钱，等一会五桂毛丫头回来时，我就把给她买鞭炮放了。”

妇人到这时，望到二圆，二圆不敢说什么，抿了嘴巴回过去笑着，因为记起梁上那条腰带了，走出取叉子去了。妇人心想，你疑心我要这个钱，我可以当到日头赌咒。

他们喝酒时，男子便装成很有耐心很有兴致的样子，听妇人说那条绣花腰带的故事，说到后来五桂回家了，男子要她到裁缝铺去看看钟，到了什么时候。五桂一会儿就转身了，忙忙匆匆的，像被谁追赶似的，期期艾艾的说：“裁缝铺出了命案，妇人吞烟死了，万千人围到大门前看热闹，裁缝四处向人作揖，又拿熨斗打人！”

妇人似乎不甚相信这件事，匆匆遽遽的站起身来，同五桂看热闹去了。二圆就低低的带点忧愁神气说：“这个月衖子里死了四个妇人，全不是一块钱以上的事情。”

男子说：“见你妈的鬼，你们这街上的人，生活永远是猪狗的生活，脾气永远是大王的脾气。”

女人唱着叹烟花的曲子，唱了三句低下头去，想起什么又咕咕的笑着，可是到后来，不知不觉眼睛就湿了。

三

厨子把供状全部都招出了，话说到后来，不能再说了，就低下头去在大腿上搓着自己的左手，不知主人怎么样发落他。

我们应当不要忘记那个对于下人行为不含糊的高教授。他听到这小子自己还在用大爷名义，到那些下等土娼处鬼混，先是十分生气的。可是听到后来，我看到他不知不觉就严肃起来了。这时听到厨子不作声了，便勉强向我笑着，又勉强装成还在生气的样子问那厨子：

“那么，你就把买菜烧饭的事完全忘记了，是不是?”

那厨子忙说：“先生，老爷，我没有忘记。可是我得哄她莫哭才好走开!”

“就哄了半天!”

本来似乎想说明哄一个女人种种困难的理由，这时教授太太听到先生已经大声说话，以为问案业已完事了，所以从内房正走出来，因此一来这厨子不敢说野话了。等一会儿，望了太太一下，望了我一下，才怯怯的说：

“先生，菜买来了，两个鲫鱼还是活的，今晚上要不要用?”

教授先生望到年轻太太，很古怪的笑了一下，轻轻的叹着，便吩咐厨子:“好，你去休息，我们什么也不要吃了。”

我看看，非轮到我作主人不行了，因此就勒迫到这两夫妇，到前街一个小馆子里去吃了一顿。高太太看到我同他先生都不什么快乐，就问我刚才厨子说了些什么话。我对于这句质问不作答复，却向他们夫妇提议，不要赶走这个厨子。教授望到我惨然一笑，我就重复说明我的意见:“你应当留他，因为他是一个不说谎的人，至于我，我同你说我对于这个大司务，是感到完全满意的!”

虎 雏

我那个做军官的六弟上年到上海时，带来了一个勤务兵，见面之下就同我十分谈得来，因为我从他口上打听出了多少事情，全是我想明白终无法可以明白的。六弟到南京去同政府接洽事情时，就把他丢在我的住处。这小兵使我十分中意，我到外边去玩玩时，也常常带他一起去，人家不知道的，都以为这就是我的弟弟，有些人还说他很像我的样子。我不拘把他带到什么地方去，见到的人总觉得这小兵不坏。其实这小孩真是体面得出众的。一副微黑的长长的脸孔，一条直直的鼻子，一对秀气中含威风的眉毛，两个大而灵活的眼睛，都生得非常合式，比我六弟品貌还出色。

这小兵乖巧得很，气派又极伟大，他还认识一些字，能够看《建国大纲》，能够看《三国演义》。我的六弟到南京把事办完要回湖南军队里去销差时，我就带开玩笑似的说：

“军官，咱们俩商量一下，把你这个年轻的当差的留下给我，我来培养他，他会成就一些事业。你瞧他那样子，是还值得好好儿来料理一下的！”

六弟先不大明白我的意思，就说我不应当用一个副兵，因为多一个人就多一种累赘。并且他知道我脾气不好，今天欢喜的自然很有趣味，明天遇到不高兴时，送这小子回湘可不容易。

他不知道我意思是要留他的副兵在上海读书的，所以说我不应当多一个累赘。

我说：“我不配用一个副兵，是不是？我不是要他穿军服，我又不是军官，用不着这排场！我要他穿的是学校的制服，使他读点书。”我还说及“倘若机会使这小子傍到一个好学堂，我敢断定他将来的成就比我们弟兄高明。我以为我所估计的绝不会有什么差错，因为这小兵决不会永远做小兵的。可是我又见过许多人，机会只许他当一个兵，他就一辈子当兵，也无法翻身。如今我意思就在另外给这小兵一种机会，使他在一个好运气里，得到他适当的发展。我认为我是这小兵的温室”。

我的六弟听到了我这种意见，他觉得十分好笑，大声的笑着。

“你在害他!”他很认真的样子说，“你以为那是培养他，其中还有你一番好意值得感谢，你以为他读十年书就可以成一个名人，这真是做梦！你一定问过他了，他当然答应你说这是很好的。这个人不止是外表可以使你满意，他的另外一方面做人处，也自然可以逗你欢喜。可是你试当真把他关到学校里去看看，你就可以明白一个作了一阵勤务兵到野蛮地方长大的人，是不是还可以读书了。你这时告他读书是一件好事，同时你又引他去见那些大学教授以及那些名人，你口上即不说这是读书的结果，他仍然知道这些人因为读书才那么舒服尊贵的。我听到他告我，你把他带到那些绅士的家中去，坐在软椅上，大家很亲热和气的谈着话，又到学校去，看看那些大学生，走路昂昂作态，仿佛家养的公鸡，穿的衣服又有各种样子，他实在也很羡慕。但是他正像你看军人一样，就只看到表面。你不是常常还说想去当兵吗？好，你何妨去试试？我介绍你到一个队伍里去试试，看看我们的生活，是不是如你所想象的美，以及旁人所说及的坏。你欢喜谈到，你去详细生活一阵好了。等你到了那里拖一月两月，你才明白我们现在的队伍，是些什么生活。平常人用自己物质爱憎与自己道德观念作标准，批评到与他们生活完全不同的军人，没有一个人说得较对。你是退伍的人，十年来什么也变迁了，你如今再去看看，你就不会再写那种从容疏放的军人生活回忆了。战争使人类的灵魂野蛮粗糙，你能说这句话却并不懂他的意思。”

我原来同我六弟说的，是把他的小兵留下来读书的事，谁知平时说话不多的他，就有了那么多空话可说。他的话中意思，有笑我是书生的神气。我因为那时正很有一点自信，以为环境可以变更任何人性，且有点觉得六弟的话近于武断了。我问他当了兵的人就不适宜于进一个学校去的理由，是些什么事，有些什么例子。

六弟说：“二哥，我知道你话里意思有你自己。你正在想用你自己作辩护，以为一个兵士并不较之一个学生为更无希望。因为你是一个兵士。你莫多心，我不是想取笑你，你不是很有些地方觉得出众吗？也不只是你自己觉得如此，你自己或许还明白你不会做一个好军人，也不会成一个好艺术家。（你自己还承认过不能做一个好公民，你原是很有自知之明！）人家不知道你时，人家却异口同声称赞过你！你在这情形下虽没有什么得意，可是你却有了一种不甚正确的见解，以为一个兵士同一个平常人有同样的灵魂这一件事情。我要纠正这个，你这是完全错误了的。平常人除了读过几本书学得一些礼貌和虚伪外，什么也不会明白，他当然不会理解这类事情。但是你不应当那么糊涂。这完全是两种世界两种阶级，把它牵强混合起来，并不是一个公平的道理！你只会做梦，打算一篇文章如何下手，却不能估计一件事情。”

“你不要说我什么，我不承认的。”我自然得分辩，不能为一个军官说输。“我过去同你说到过了，我在你们生活里，不按到一个地方好好儿的习惯，好好儿的当一个下级军官，慢慢的再图上进，已经算是落伍了的军人。再到后来，逃到另外一个方向上来，又仍然不能服从规矩，于目下的习俗谋妥协，现在成为不文不武的人，自然还是落伍。我自己失败，我明白是我的性格所成，我有一个诗人的气质，却是一个军人的派头，所以到军队人家嫌我懦弱，好胡思乱想，想那些远处，打算那些空事情，分析那些同我在一处的人的性情，同他们身分不合。到读书人里头，人家又嫌我粗率，做事麻胡[1]，行为简单得怕人，与他们身分仍然不合。在两方面皆得不到好处，因此毫无长进，对生活且觉得毫无意义。这是因为我的体质方面的弱点，那当然是毫无办法的。至于这小副兵，我倒不相信他仍然像我这样子。”

---

1. 麻胡，马虎。

“你不希望他像你，你以为他可以像谁？还有就是他当然也不会像你。他若当真同你一样，是一个只会做梦不求实际，只会想象不要生活的人，他这时跟了我回去，机会只许他当兵，他将来还自然会做一个诗人。因为一个人的气质虽由于环境造成，他还是将因为另外一种气质反抗他的环境，可以另外走出一条道路。若是他自己不觉到要读书，正如其他人一样，许多人从大学校出来，还是做不出什么事业来。”

“我不同你说这种道理，我只觉得与其把这小子当兵，不如拿来读书，他是家中舍弃了的人，把他留在这里，送到我们熟人办的那个××中学校去，又不花钱，又不费事，这事何乐不为。”

我的六弟好像就无话可说了，问我××中学要几年毕业。我说，还不是同别的中学一个样子，六年就可以毕业吗？六弟又笑了，摇着那个有军人风的脑袋。

“六年毕业，你们看来很短，是不是？因为你说你写小说至少也要写十年才有希望，你们看日子都是这样随便，这一点就证明你不是军人，若是军人，他将只能说六个月的。六年的时间，你不过使这小子从一个平常中学卒业，出了学校找一个小事做，还得熟人来介绍，到书铺去当校对，资格还发生问题。可是在我们那边，你知道六年的时间，会使世界变成什么样子没有？一个学生在六年内还只有到大学的资格，一个兵士在六年内却可以升到团长，这个事比较起来，相差得可太远了。生长在上海，家里父兄靠了外国商人供养，做一点小小事情，慢慢的向上爬去，十年八年因为业务上谨慎，得到了外国资本家的信托，把生活举起，机会一来就可以发财，儿子在大学毕业，就又到洋行去做写字，这是上海洋奴的人生观。另外不作外国商人的奴隶，不作官，宁愿用自己所学去教书，自然也还有人。但是你若没有依傍，到什么地方去找书教。你一个中学校出身的人，除了小学还可以教什么书？本地小学教员比兵士收入不会超过一倍，一个稍有作为的兵士，对于生活改变的机会，却比一个小学教员多十倍；若是这两件事平平的放在一处，你意思选择什么？”

我说：“你意思以为六年内你的副兵可以做一个军官，是不是？”

“我的意思只以为他不宜读书。因为你还不宜于同读书人在一处谋生活，他自然更不适当了。”

我还想对于这件事有所争论，六弟却明白我的意思，他就抢着说：“你若认为你是对的，我尽你试验一下，尽事实来使你得到一个真理。”

本来听了他说的一些话，我把这小子改造的趣味已经减去一半了，但这时好像故意要同这一位军官闹气似的，我说："把他交给我再说。我要他从国内最好的一个大学毕业，才算是我的主张成功。"

六弟笑着："你要这样麻烦你自己，我也不好意思坚持了。"

我们算是把事情商量定局了，六弟三天即将回返湖南，等他走后我就预备为这未来的学士，找朋友补习数学和一切必需学问，我自己还预备每天花一点钟来教他国文，花一点钟替他改正卷子。那时是十月，两月后我算定他就可以到××中学去读书了。我觉得我在这小兵身上，当真会做出一分事业来，因为这一块原料是使人不能否认可以治成一件值价的东西的。

我另外又单独的和这个小兵谈及，问他是不是愿意不回去，就留在这里读书，他欢喜的样子是我描摹不来的。他告我不愿意做将军，愿意做一个有知识的平民。他还就题发挥了一些意见，我认为意见虽不高明，气概却极难得的。到后我把我们的谈话同六弟说及，六弟总是觉得好笑，我以为这是六弟军人顽固自信的脾气，所以不愿意同他分辩什么。

过了三天，三天中这小副兵真像我的最好的兄弟，我真不大相信有那么聪颖懂事的人。他那种识大体处，不拘为什么人看到时，我相信都得找几句话来加以赞美才会觉得不辜负这小子。

我不管六弟样子怎么冷落，却不去看他那颜色，只顾为我的小友打算一切。我六弟给过了我一百块钱，我那时在另外一个地方，又正得到几十块钱稿费，一时没有用去，我就带了他到街上去，为他看应用东西。我们又到另一处去看中了一张小床，在别的店铺又看中其他许多东西。他说他不欢喜穿长衣，那个太累赘了一点，我就为他定了一套短短黑呢中山服，制了一件粗毛呢大衣。他说小孩子穿方头皮鞋合式一点，我就为他定制了一双方头皮鞋。我们各处看了半天，估计一切制备齐全，所有钱已用去一半，我还好像不够的样子，倒是他说不应当那么用钱，我们两个人才转回住处。我预备把他收拾得像一个王子，因为他值得那么注意。我预备此后要使他天才同年龄一齐发展，心里想到了这小子二十岁时，一定就成为世界上一个理想中的完人。他一定会音乐和图画，不擅长的也一定极其理解。他一定对于文学有极深的趣味，对于科学又有极完全的知识。他一定坚毅诚实，又一定健康高尚。他不拘做什么事都不怕失败，在女人方面，他的成功也必然如其他生活一样。他的品貌与他的德行相称，使同他接近的人都觉得十分爱敬。……

不要笑我，我原是一个极善于在一个小事情上做梦的人，那个头顶牛奶心想二十年后成家立业的人是我所心折的一个知己，我小时听到这样一个故事，听人说到他的牛奶泼在地上时，大半天还是为他惆怅。如今我的梦，自然已经早为另一件事破灭了。可是当时我自己是忘记了我的奢侈夸大想象的，我在那个小兵身上做了二十年梦，我还把二十年后的梦境也放肆的经验到了。我想到这小子由于我的力量，成就了一个世界上最完全最可爱的男子，还因为我的帮助，得到一个恰恰与他身分相称的女子作伴，我在这一对男女身边，由于他人的幸福，居然能够极其从容的活到这世界上。那时我应当已经有了五十多岁，我感到生活的完全，因为那是我的一件事业，一种成功。

到后只差一天六弟就要回转湖南销差去了，我们三人到一个照相馆里去拍了一个照相。把相照过后，我们三人就到××戏院去看戏，那时时候还不到，故就转到××园里去玩。在园里树林子中落叶上走着，走到一株白杨树边，就问我的小朋友，爬不爬得上去，他说爬得上去。走了一会，又到一株合抱大枫树边，问这个爬不爬得上去，他又说爬得上去。一面走就一面这样说话，他的回答全很使我满意。六弟却独在前面走着，我明白他觉得我们的谈话是很好笑的。到后听到枪声，知道那边正有人打靶，六弟很高兴的走过去，我们也跟了过去，远远的看那些人伏在一堵土堆后面，向那大土堆的白色目标射击，我问他是不是放过枪，这小子只向着六弟笑，不敢回答。

我说：“不许说谎，是不是亲自打过？”

“打过一次。”

“打过什么？”

这小子又向着六弟微笑，不敢回答。

六弟就说：“不好意思说了吗？二哥你看起他那样子老实温和，才真是小土匪！为他的事我们到××差一点儿出了命案。这样小小的人，一拳也经不起，到××去还要同别的人打架，把我手枪偷出去，预备同人家拼命，若不是气运，差一点就把一个岳云学生肚子打通了。到汉口时我检查枪，问他为什么少了一颗子弹，他才告我在长沙同一个人打架用了的。我问他为什么敢拿枪去打人，他说人家骂了他丑话，又打不过别人，所以想一枪打死那个人。”

六弟觉得无味的事，我却觉得更有趣味，我揪着那小子的短头发，使他脸望着我，不好躲避，我就说：“你真是英雄，有胆量。我想问你，那个人比你大多少？怎么就会想打死他？”

“他大我三岁，是岳云中学的学生，我同参谋在长沙住在××，六月里我成天同一个军事班的学生去湘河洗澡，在河里洗澡，他因为泅水比我慢了一点，和他的同学，用长沙话骂我屁股比别人的白，我空手打不过他，所以我想打死了他。”

“那以后怎么又不打死他?”

“打了一枪不中，子弹捎了膛，我怕他们捉我，所以就走脱了。”

六弟说：“这种性情只好去当土匪，半年就可以做大王。”

我说：“我不承认你这句话。他的胆量使他可以做大王，也就可以使他做别的伟大事业。你小时也是这样的。同人到外边去打架胡闹，被人用铁拳星打破了头，流满了一脸的血，说是不许哭，你就不哭，你所以现在做军官，也不失为一个好军人。若是像我那么不中用，小时候被人欺侮了，不能报仇，就坐在草地上去想，怎么样就学会了剑仙使剑的方法，飞剑去杀那个仇人，或者想自己如何做了官，派家将揪着仇人到衙门来打他一千板屁股，出出这一口气。单是这样空想，有什么用处？一个人越善于空想，也就越近于无用，我就是一个最好的榜样。”

六弟说："那你的脾气也不是不好的脾气，你就是因为这种天赋的弱点，成就了你另外一个天赋的长处。若是成天都想摸了手枪出去打人，你还有什么创作可写。"

"但是你也知道多少文章就是多少委屈。"

"好，我汉口那把手枪就送给你，要他为你收着，从此有什么被人欺侮的事，就要这个小英雄去替你报仇好了。"

六弟说得我们大家都笑了。我向小兵说，假若有一把手枪，将来我讨厌什么人时，要你为我去打死他们，敢不敢去动手？他望了我笑着，略略有点害羞，毅然的说"敢"。我很相信他的话，他那态度是诚恳天真，使人不能不相信的。

我自然是用不着这样一个镖客喔！因为始终我就没有一个仇人值得去打一枪。有些人见我十分沉静，不大谈长道短，间或在别的事上造我一点谣言，正如走到街上被不相识的狗叫了一阵的样子，原因是我不大理会他们，若是稍稍给他们一点好处，也就不至于吃惊受吓了。又有些自己以为读了很多书的人，他不明白我，看我不起，那也是平常的事。至于女人都不欢喜我，其实就是我把逗女人高兴的地方都太疏忽了一点，若我觉得是一种仇恨，那报仇的方法，倒还得另外打算，更用不着镖客的手枪了。

不过我身边有了那么一个勇敢如小狮子的伙伴，我一定从此也要强干一点，这是我顶得意的。我的气质即或不能许我行为强梁，我的想象却一定因为身边的小伴，可以野蛮放肆一点。他的气概给了我一种气力，这气力是永远还能存在而不容易消灭的。

那天我们看的电影是《神童传》，说一个孤儿如何奋斗成就一生事业。

第二天，六弟就动身回湖南去了。因六弟坐飞机去，我们送他到飞机场，六弟见我那种高兴的神气，不好意思说什么扫兴的话批评到小兵，他当到小兵告我，若是觉得不能带他过日子时，就送到南京师部办事处去，因为那边常有人回湖南，他就仍然可以回去。六弟那副坚决冷静的样子，使我感到十分不平，我就说：

“我等到你后来看他的成就，希望你不要再用你的军官身分看待他！”

“那自然是好的。你自信能成就他，恐怕的是他不能由你的造就。你就留下他过几个月看看吧。”

我纠正他的前面一句话大声的说：“过几年。”

六弟忙说：“好，过几年，一件事你能过几年不变，我自然也高兴极了。”

时间已到，六弟坐到飞机客座里去，不一会这飞机就开走了，我们待飞机完全不见时方回家来。回来时我总记到六弟那种与我意见截然相反的神气，觉得非常不平，以为六弟真是一个军人，看事情都简单得怕人，自信成见极深，有些地方真似乎顽固得很。我因为六弟说的话放在心上，便觉得更想耐烦来整顿我这个小兵，我也就想用事实来打破六弟的成见，我以为三年后暑假带这小兵回乡时，将让一切人为我处理这小孩子的成绩惊讶不已。

六弟走后我们预定的新生活便开始了，看看小兵的样子，许多地方聪明处还超过了我的估计，读书写字都极其高兴，过了四天，数学教员也找到了，教数学的还是一个大学教授！这大教授一到我处，见到这小兵正在读书，他就十分满意，他说："这小朋友我很爱他，真是一个笑话。"我说："那就妙极了，他正在预备考××中学，你大教授权且来尽义务充一个小学教员，教他乘法除法同分数吧。"这大教授当时毫不迟疑就答应了。

许多朋友都知道我家中有一个小天才的事情了，凡是来到我住处玩的，总到亭子间小朋友处去谈谈。同了他玩过一点钟的，无一人不觉得他可爱，无一人不觉得这小子将来成就会超过自己。我的朋友音乐家××，就主张这小朋友学提琴，他愿意每天从公共租界极北跑来教他。我的朋友诗人×

×，又觉得这小孩应当成一个诗人。还有一个工程学教授宋先生，他的意见却劝我送小孩子到一个极严格的中学校去，将来卒业若升入北洋大学时，则他愿意帮助他三年学费。还有一个律师，一个很风趣的人，他说：“为了你将来所有作品版税问题，你得让他成一个有名的律师，才有生活保障。”

大家都愿意这小朋友成为自己的同志，且因这个原故，他们各个还向我解释过许多理由。为什么我的熟人都那么欢喜这小兵，当时我还不大明白，现在才清楚，那全是这小兵有一个迷人的外表。这小兵，确实是太体面一点了。我的自信，我的梦，也就全是为那个外表所骗而成的！

这小兵进步是很快的，一切都似乎比我预料得还顺利一点，我看到我的计画，在别人方面的成功，感到十分快乐。为了要出其不意使六弟大吃一惊，目前却不将消息告给六弟。为这小兵读书的原因，本来生活不大遵守秩序的我，也渐渐找出秩序来了。我对于生活本来没有趣味，为了他的进步，我像做父亲的人在佳子弟面前，也觉得生活还值得努力了。

每天我在我房中做事情，他也在他那间小房中做事情，到吃饭时就一同往隔壁一个外国妇人开的俄菜馆吃牛肉汤同牛排。清早上有时到××花园去玩，有时就在马路沿走走。

晚上饭后应当休息一会儿时节，不是我为他学西北绥远包头的故事，就是学东北的故事。有时由他说，则他可以告我近年来随同六弟到各处剿匪的事情，他用一种诚实动人的湘西人土话，说到六弟的胆量。说到六弟的马。说到在什么河边滩上用盒子枪打匪，他如何伏在一堆石子后面，如何船上失了火，如何满河的红光。又说到在什么洞里，搜索残匪，用烟子薰洞，结果得到每只有三斤多重的白老鼠一共有十七只，这鼠皮近来还留在参谋家里。又说到名字叫作“三五八”的一个苗匪大王，如何勇敢重交情，不随意抢劫本乡人。凡事由于这小兵说来，搀入他自己的观念，仿佛在这些故事的重述上，见到一个小小的灵魂，放着一种奇异的光，我在这类情形中，照例总是沉默到一种幽杳的思考里，什么话也没有可说。因这小朋友观念、感想、兴味的对照，我才觉得我已经像一个老人：再不能同他一个样子了。这小兵的人格，使我在反省中十分忧郁，我在他这种年龄上时，却除了逃学胡闹或和了一些小流氓蹲在土地上掷骰子赌博以外，什么也不知道注意的。到后我便和他取了同样的步骤，在军队里做小兵，极荒唐的接近了人生。但我的放荡的积习，使我在作书记时，只有一件单汗衣，因为自己一洗以后即刻落下了行雨，到下楼吃饭时还没有干，不好意思赤膊到楼下去同副官们吃饭，我就饿过一顿饭。如今这小兵，却俨然用不着人照料也能够站起来成一个人。因为小兵的人格，想起我的过去，以及为过去积习影响到的现在，我不免感觉到十分难过。

日子从容的过去，一会儿就有了一个月，小兵同我住在一处，一切都习惯了，有时我没有出门，要他到什么地方去看看信，也居然做得很好。有时数学教员不能来，他就自己到先生那里去。时间一久，有些性质在我先时看来，认为是太粗鲁了一点的，到后也都没有了。

有一天，我得到我的六弟由长沙来的一个信，信上说着：

……二哥，你的计画成功了没有？你的兴味还如先前那样浓厚没有？照我的猜想，你一定是早已觉得失败了。我同你说到过的，“几个月”你会觉得厌烦，你却说“几年”也不厌烦，我知道你这是一句激出来的话，你从我的冷静里，看出我不相信你能始终其事，你样子是非常生气的。可是你到这时一定意见稍稍不同了。我说这个时，我知道，你为了骄傲，为了故意否认我的见解，你将仍然能够很耐烦的管教我们的小兵，你一定不愿意你做的事失败。但是，明明白白这对你却是很苦的，如今已经快到两个月了，你实在已经够受了，当初小孩子的劣点以及不适宜于读书的根性，倘若当初是因为他那迷人的美使你原谅疏忽，到如今，他一定使你渐渐的讨厌了。

……我希望你不要太麻烦自己。你莫同我争执，莫因拥护你那做诗人的见解，在失败以后还不愿意认账。我知道你的脾气，因为我们为这件事讨论过一阵，所以你这时还不愿意把小兵送回来，也不告我关于你们的近状。可是我明白，你是要在这小子身上创造一种人格，你以为由于你的照料，由于你的教育，可以使他成一个好人。但是这是一种夸大的梦，永远无从实现的。你可以影响一些人，使一些人信仰你，服从你，这个我并不否认的。但你并不能使那个小兵成好人。你同他在一处，在他是不相宜的，在你也极不相宜。我这时说这个话时也许仍然还早了一点，可是我比你懂那个小兵，他跟了我两年，我知道他是什么材料。他最好还是回来，明年我当送他到军官预备学校去，这小子顶好的气运，就是在军队中受一种最严格的训练，他才有用处，才有希望。

……你不要以为我说的话近于武断，我其实毫无偏见。现在有个同事王营长到南京来，他一定还得到上海来看看你，你莫反对我这诚实的提议，还是把小兵交给那个王同事带回去。两个月来我知道你为他用了很多的钱，这是小事，最使我难过的，还是你在这个小兵身上，关于精神方面损失得很多，将来出了什么事，一定更有给你烦恼处。

……你觉得自信并不因这一次事情的失败而减去，我同你说一句笑话，你还是想法子结婚。自己的小孩，或者可以由自己意思改造，或者等我明年结婚后，有了小孩，半岁左右就送给你，由你来教养培植。我很相信你对小孩教育的认真，一定可以使小孩子健康和聪敏，但一个有了民族积习稍长一点的孩子，同你在一块，会发生许多纠纷。

…………

六弟的信还是那么军人气度，总以为我是失败了，而在斗气情形下勉强同他的小兵过日子的。尤其他说到那个“民族”积习，使我很觉得不平。我很不舒服，所以还想若果姓王的过两天来找寻我时，我将不会见他。

过了三天，我同小兵出外到一个朋友家中去，看从法国寄回来的雕刻照片，返身时，二房东说有一个军官找我，坐了一会留下一个字条就走了。看那个字条，才知道来的就是姓王的，先是六弟只说同事王营长，如今才知道六弟这个同事，却是我十多年前的同学。我同他在本乡军士技术班做学生时，两个人成天皆从家中各扛了一根竹子，预备到学校去练习撑篙跳，我们两个人年纪都极小，每天穿灰衣着草鞋扛了两根竹子在街上乱撞，出城时，守城兵总开玩笑叫我们做小猴子，故意拦阻说是小孩子不许扛竹子进出，恐怕戳坏他人的眼睛。这王军官非常狡猾，就故意把竹子横到城门边，大声的嚷着说是守城兵抢了他的撑篙跳的杆儿。想不到这人如今居然做营长了。

为了我还想去看看我这个同学，追问他撑篙跳进步了多少，还想问他，是不是还用得着一根腰带捆着身上，到沙里去翻筋斗。一面我还想带了小兵给他看看，等他回去见到六弟时，使六弟无话可说，故当天晚上，我们在大中华饭店就见面了。

见到后一谈，我们提到那竹子的事情，王军官说：

“二爷，你那个本领如今倒精细许多了，你瞧你把一丈长的竹子，缩短到五寸，成天拿了他在纸上画，真亏你！”

我说："你那一根呢?"

他说："我的吗？也缩短了，可是缩短成两尺长的一枝笛子。我近来倒很会吹笛子。"

我明白他说的意思，因为这人脸上瘦瘦白白的，我已猜到他是吃大烟了。我笑着装作不甚明白的神气："吹笛子倒不坏，我们小时都只想偷道士的笛子吹，可是到手了也仍然发不成声音来。"

军官以为我愚騃，领会不到他所指的笛子是什么东西，就极其好笑。"不要说笛子吧，吹上了瘾真是讨厌的事！"

我说："你难道会吃烟了吗?"

"这算奇怪的事吗？这有什么会不会？这个比我们俩在沙坑前跳三尺六容易多了。不过这些事倒是让人一着较好，所以我还在可有可无之间，好像唱戏的客串，算不得脚色。"

"那么，我们那一班学撑篙跳的同学，都把那竹子截短了。"

"自然也有用不着这一手的，不过习惯实在不大好，许多拿笔的也拿'枪'，无从编遣。"

说到这里我们记起了那个小兵了，他正站在窗边望街，王军官说：

"小鬼头，你样子真全变了，你参谋怕你在上海捣乱，累了二先生，要你跟我回去，你是想做博士，还想做军官?”

小兵说：“我不回去了。”

“你跟了二先生这么一点日子，就学斯文得没有用处了。你引我的三多到外面玩玩去。你一定懂得到‘白相’了。你就引他到大马路白相去，不要生事，你找个小馆子，要三多请你喝一杯酒，他才得了许多钱。他想买靴子，你引他买去，可不要买像巡捕穿的。”

小兵听到王军官说的笑话，且说要他引带副兵三多到外面去玩，望着我只是笑，不好作什么回答。

王军官又说：“你不愿同三多玩，是不是?你二先生现在到大学堂教书，还高兴同我玩，你以为你就是学生，不能同我副兵在一起白相了吗?”

小兵见王军官好像生了气，故意拿话窘着他，不会如何分辩，脸上显得绯红。王军官便一手把他揪过去：“小鬼头，你穿得这样体面，人又这样标致，同我回去，我为你做媒讨老婆，不要读书了吧。”

小兵益觉得不好意思，又想笑又有点怕，望着我想我帮帮他的忙，且听我如何吩咐，他就照样做去。

我见到我这个老同学爽利单纯，不好意思不让他陪勤务兵出去玩，我就说：“你熟习不熟习买靴子的地方?”

他望了我半天，大约又明白我不许他出去，又记到我告过他不许说谎，所以到后才说："我知道。"

王军官说："既然知道，就陪三多去。你们是老朋友，同在一堆，你不要以为他的军服就辱没了你的身分。你的样子倒像学生，你的心可不是学生。你莫以为我的勤务兵相貌蠢笨，将军多像猪，三多是有将军的分的。你们就去吧，我同你二先生还要在这里谈话，回头三多请你喝酒，我就要二先生请我喝酒。……"

王军官接着就喊："三多，三多。"那副兵当我们来时到房中拿过烟茶后，出去似乎就正站立在门外边，细听我们的谈话，这时听到营长一叫，即刻就进来了。

这副兵真像一个将军，年纪似乎还不到十六岁，全身就结实得如成人，身体虽壮实却又非常矮短，穿的军服实在小了一点，皮带一束因此全身崩得紧紧的如一木桶，衣服同身体便仿佛永远在那里作战。在一种紧张情形中支持，随时随处身上的肉都会溢出来，衣服也会因弹性而飞去。这副兵样子虽痴，性情却十分好，他把话都听过了，一进来就笑嘻嘻的望着小兵。

王军官一见到自己勤务兵的痴样子，做出十分难受的神情："三大人，我希望你相信我的忠告，少吃喝一点，少睡一点！你到外面去瞧瞧，你的肉快要炸开了。我要你去爬到那个洋秤上去过一下磅，看这半个月来又长了多少，你磅过没有？人家有福气的人肥得像猪，一定是先做官再发体，你的将军还没有得到，在你的职务上就预先发起胖来，将来怎么办？”

那勤务兵因为在我面前被王军官开着玩笑，仿佛一个十几岁处女一样，十分腼腆害羞，说道：“我不知为什么总要胖。”

“沈参谋告你每天喝醋一碗，你试验过没有？”

那勤务兵说不出话来，低下头去，很有些地方像《西游记》上的猪八戒，在痴呆中见出妩媚。我忍不住要笑了，就拈了一枝烟来，他见到时赶忙来刮自来火。我问他，是什么乡下的，今年有了多大岁数？他告我他是××的人，搬到城里住，今年还只十六岁。我又问他为什么那么胖，他十分害羞的告我说，是因为家中卖牛肉同酒，小小儿吃肉就发了膘。

王军官告三多可以跟着小兵去玩，我不好意思不让他们去，到后两人就出去了。

我同这个老同学谈了许多很有趣味的话，到后我就说：“营长，你刚才说的你的未来将军请我的未来学士喝酒，我就来做东，只看你欢喜吃什么口味。”

王军官说：“什么都欢喜，只是莫要我拿刀刀叉叉吃盘中的饭，那种罪我受不了。”

…………

第二天我们早约定了要到王军官处去的，因为一去我怕我的“学士”又将为他的“将军”拖去，故告诉他，今天不要出去，就在家中读书，等一会儿一个杜先生同一个孙先生或许还要来。（这些朋友是以到我处看看小兵为快乐的。）我又告他，若是杜教授来了，他可以接待客人到他小房间里去，同客人玩玩。把话嘱咐过后，我就到大中华饭店找寻王军官去了。晚上我们一同到一个电影院去消磨了两个钟头，那时已经快要十二点钟了，我很担心一个人留在家中的小兵，或者还等候着我没有睡觉，所以就同王军官分了手。约好明天我送他上车过南京。回来时，我奇怪得很，怎么不见了小兵。我先以为或者是什么朋友把他带走看戏去了，问二房东有什么朋友来找我，二房东恰恰日里也没有在家，回来时也极晏。我又问到二房东家的用人，才知道下午有一个大块头兵士来邀他出去，出门时还是三点钟以前。我算定这兵士就是王军官处那个勤务兵，来邀他玩，他又不好推辞，以为这一对年轻人一定是到什么热闹场所去玩，所以把回家的时间也忘却了，当时我就很生气，深悔昨天不应该带他到那里去，今天又不该不带他去。

我坐在房中等着，预备他回来时为他开门，一直等过了十二点还毫无消息。我以为不是喝醉了酒，就一定是在外面闯了乱子，不敢回来，住到那将军住处去了，这些事我认为全是那个王军官的副兵勾引成功的，所以非常愤恨那个小胖子。我想我此后可再不同这军官来往了，再玩一天我的学士就会学坏，使我为他所有一切的打算，都将付之泡影。

到十二点后他不回来，我有点疑心，就到他住身的亭子间去，看看是不是留得什么字条，看了一下，却发现了他那个箱子位置有点不同，蹲下去拖出箱子看看，他的军衣都不见了，我忽然明白他是做些什么事了，非常生气，跑回到我自己房中来，检察我的箱子同写字台的抽屉，什么东西都没有动过，一切秩序井然如旧，显然他是独自私逃走去的。我恐怕王军官那边还闹了乱子，拐失了什么东西，赶快又到大中华饭店去，到时正见王军官生气骂茶房，见我来了才不作声，还以为我是来陪他过夜的，就说：

“来的好极了，我那将军这时还不回来，莫非被野鸡捉去了！”

我说：“恐怕他逃了，你赶快清查一下箱子，有些东西失落没有。”

“那里有这事，他不会逃的。”

“我来告你，我的学士也不在家了！你的将军似乎下午三点钟时候，就到我住处邀他，两人一块儿走了！”

王军官一跳而起，拖出箱子一看，一些日前为太太兑换的金饰同钞票，全在那里，还有那枝手枪，也搁在那里，不曾有人动过。他一面搜检其他一个为朋友们代买物件所置的皮箱，一面同我说：“这土匪，我看不出他会逃走！”看到另外一口箱子也没有什么东西失掉，王军官松了一大口气，向我摇着头说：“不会逃走，不会逃走，一定是两人看戏恐怕责罚不敢回来了，一定是被野鸡拉去了，上海野鸡这样多，我这营长到乡下的威风，来到此地为她们一拉也头昏了，何况我那个宝贝。不过那宝贝也要人受，他是不会让别人占多少便宜的，身上油水虽多，可不至于上当。他是那么结实的，在女人面前他不会打下败仗来，只是你那个学士，我真为他担心。她们恐怕放不过他，他会为那些老鸡折磨一整夜，这真是糟糕的事。”

我说：“恐怕不是这样，我那个学士，他把军服也带走了。”

王军官先还笑着，因为他见到东西没有失掉，所以总以为这两个人是被妓女扣留到那里过夜的，所以还露着羡慕的神气，笑说他的将军倒有福气。他听到我说是小兵军服也拿走了，才相信我的话，大声的辱骂着“杂种”，同时就打着哈哈大笑。他向我笑着说：

“你六弟说这小子心野得很，得把他带回去，只有他才管得到这小土匪，不至于多事，我还没有和你好好的来商量，事就发生了。我想不到是我那个将军居然也想逃走，你看他那副尊范，居然在那全是板油的肚子里，也包得有一颗野心。他们知道逃走也去不远，将来终有方法可以知道所去的地方，恐怕麻烦，所以不敢偷什么东西。……”

说到这里，这军官忽然又觉得这事一定另外还有蹊跷了，因为既然是逃走，一个钱不拐去，他们又到什么地方去了呢？若说别处地方有好事情干，那么两个宝贝又没有枪械，徒手奔走去会做什么好事情？

他说：“这个事我可不明白了！我不相信我那个将军，到另外一个地方去比他原来的生活还好！你瞧他那样子，是不是到别的地方去就可以补上一个大兵的名额？他除了河南人耍把戏，可以派他站到帐幕边装傻子收票以外，没有一个去处是他合式的去处！真是奇怪的世界，这种傻瓜还要跳槽！”

我说："我也想过了，我那一位也不应当就这样走去的。我问你，你那将军他是不是欢喜唱戏？他若欢喜唱戏，那一定是被人骗走了。由他们看来，自然是做一个名角也很值得冒一下险。"

王军官摇着头连说："绝对不会，绝对不会。"

我说："既不是去学戏，那真是古怪事情。我们应当赶即写几个航空信到各方面去，南京办事处，汉口办事处，长沙，宜昌，一定只有这几个地方可跑，我们一定可以访得出他们的消息。明天早上我们两人还可到车站上去看看，还可到轮船上去看看。"

"拉倒了吧，你不知道这些土匪的根基是这样的，你对他再好也无益处。你不要理他们算了，这些小土匪有许多天生是要在各种古怪境遇里长大成人的，有些鱼也是在逆水里浑水里才能长大。我们莫理他，还是好好睡觉吧。"

我这个老同学倒真是一个军人胸襟，这件事发生后，骂了一阵，说了一阵到后不久仍然就躺在沙发上睡着了。我是因为告他不能同谁共床，被他勒到一个人在床上睡的。想到这件事情的突然而至，而为我那个小兵估计到这事不幸的未来，又想到或者这小东西会为人谋杀或饿死，到无人知道的什么隐僻地方，心中轮转着辘轿，听着王军官的鼾声，响四点钟了我才稍稍的合了一下眼。

第二天八点，我们就到车站上去，到各个车上去寻找，看到两路快慢车的开去后，又赶忙走到黄浦江边，向每一只本日开行的轮船上去探询。我们又买了好几份报纸，以为或者可以得到一点线索，自然什么结果也没有得到。

当天晚上十一点钟，那个王军官仍然一个人上车过南京去了，我还送他到车上去，开车后，我出了车站，一个人极其无聊，想走到北四川路一个跳舞场去看看，是不是还可以见到个把熟人。因为我这时回去，一定又睡不着，我实在不愿意到我那住处去，我想明天就要另外搬一个家。我心上这时难受得很，似乎一个男子失恋以后的情形，心中空虚，无所依傍。从老靶子路一个人慢慢儿走到北四川路口，站了一会，见一辆电车从北驶来，心中打算不如就搭个车回去，说不定到了家里，那个小兵还在打盹等候着我回来！可是车已上了，这一路车过海宁路口时，虹口大旅社的街灯光明烛照，引起了我的注意，我临时又觉得不如在这旅馆住一夜，就即刻跳下了车。到虹口大旅社，我看了一间小小房间，茶房看见我是单身，以为我或者是来到这里需要一个暗娼作陪的，就来同我说话，到后见我告他不要在房里，只嘱咐他重新上一壶开水就用不着再来时，把事做了出去，他看到我抑郁不欢，一定猜我是来此打算自杀的人。我因为上一晚没有睡好，白天又各处奔走累了一天，当时倒下去就睡着了。

第二天大清早我回到住处，计划搬家的事，那个听差为我开门时，却告我小朋友已经回来了，我听到这个消息，心中说不分明的欢喜，一冲就到三楼房中去，没有见到他，又走过亭子间去，也仍然没有见到他，又走到浴间去找寻，也没有人。那个听差跟在我身后上来，预备为我升炉子，他也好像十分诧异，说：

“又走了吗?”

我以为他或因为害羞躲在床下，还向床下去看过一次。我急急促促的问他：“这是怎么回事，他什么时候到这儿来?”

听差说：“昨天晚上来的，我还以为他在这里睡。”

我说：“他不说什么话吗?”

听差说：“他问我你是什么时候出去的。”

“不说别的了吗?”

“他说他饿了，饭还不曾吃，到后吃了一点东西，还是我为他买的。”

“一个人吗?”

“一个人。”

“样子有什么不同吗?”

听差好像不明白我问他这句话的意义，就笑着说：“同平常一样长得好看，东家都说他像一个大少爷。”

我心里乱极了，把听差哄出房门，訇的把门一关，就用手抱着头倒在床上睡了。这事情越来越使我觉得奇怪，我为这迷离不可摸捉的问题，把思想弄成纷乱一团。我真想哭了。我真想殴打我自己，我又来深深的悔恨自己，为什么昨天晚上没有回来？我又悔恨昨天我们为了找寻这小兵，各处都到过了，为什么不回到自己住处来看看?

使我十分奇怪的，是这小东西为什么拿了衣服逃走又居然回来？若说不是逃走，那这时又到那里去了呢？难道是这时又跑到大中华去找我们，等一会儿还回来吗？难道是见我不回来，所以又逃走了吗？难道是被那个“将军”所骗，所以逃回来，这时又被逼到逃走了吗?

事情使我极其糊涂，我忽然想到他第二次回来一定有一种隐衷，一定很愿意见见我，所以等着我，到后大约是因为我不回来，这小兵心里吓怕，所以又走去了。我想到各处找寻一下，看看是不是留得有什么信件，以及别的线索，把我房中各处皆找到了，全没有发现什么。到后又到他所住的房里去，把他那些书本通通看过，把他房中一切都搜索到了，还是找不出一点证据。

因为昨天我以为这小兵逃走，一定是同王军官那个勤务兵在一处，故找寻时绝不疑心他到我那几个熟人方面去。此时想起他只是一个人回来，我心里又活动了一点，以为或者是他见我不回来，所以大清早走到我那些朋友处找我去了。我不能留在住处等候他，所以就留下了一个字条，并且嘱咐楼下听差，倘若是小兵回来时，叫他莫再出去，我不久就当回来的。我于是从第一个朋友家找到第二个朋友家，每到一处当我说到他失踪时，他们都以为我是在说笑话，又见到我匆匆忙忙的问了就走，相信这是一个事实时，就又拦阻了我，必得我把情形说明，才能够许我脱身。我见到各处皆没有他的消息，又见到朋友们对这事的关心，还没有各处走到，已就心灰意懒明白找寻也是空事了。先前一点点希望，看看又完全失败，走到教小兵数学的××教授家去，他的太太还正预备给小朋友一枝自来水笔，要××教授今天下半天送到我住处去，我告他小兵已逃走了，这两夫妇当时的神气，我真永远还可以记忆得到。

各处皆绝望后，我回家时还想或者他会在火炉边等我，或者他会睡在我的床上，见我回来时就醒了。听差为我开门的样子，我就知道最后的希望也完了。我慢慢的走到楼上去，身体非常疲倦，也懒得要听差烧火，就想去睡睡，把被拉开，一个信封掉出来了。我像得到了救命的绳子一样，抓着那个信封，把它用力撕去一角，上面只写着这样一点点话：

二先生，我让这个信给你回来睡觉时见到。我同三多惹了祸，打死了一个人，三多被人打死在自来水管上。我走了。你莫管我，你莫同参谋说。你保佑我吧。

为了我想明白这将军究竟因什么事被人打死在自来水管子上，自来水管又在什么地方，被他们打死的另外一个人，又是什么人，因此那一个冬天，我成天注意到那些本埠新闻的死亡消息，凡是什么地方发现了一个无名尸首时，我总远远的跑去打听，但是还仍然毫无结果。只听到一个巡警被人打死的一次消息，算起日子来又完全不对。我还花了些钱，登过一个启事，告诉那个小兵说，不愿意回来，也可以回到湖南去，我想来这启事是不是看得到，还不可知，若见到了，他或者还是不会回湖南去的。

这就是我常常同那些不大相熟爱讲故事的人，说笑话时，说我有一个故事，真像一个传奇，却不愿意写出这原因！有些人传说我有一个希奇的恋爱，也就是指这件事而言的。有了这件事以后，我就再也不同我的六弟通信讨论问题了。我真是一个什么小事都不能理解的人，对于性格分析认识，由于你们好意夸奖我的，我都不愿意接受。因为我连一个十二岁的小孩子，还为他那外表所迷惑，不能了解，怎么还好说懂这样那样。至于一个野蛮的灵魂，装在一个美丽盒子里，在我故乡是不是一件常有的事情，我还不大知道；我所知道的，是那些山同水，使地方草木虫蛇皆非常厉害。我的性格算是最无用的一种型，可是同你们大都市里长大的人比较起来，你们已经就觉得我太粗糙了。

廿年五月十五完于新窄而霉斋

生

北京城十刹海杂戏场南头，煤灰土新垫就一片场坪，白日照着，有一圈没事可作的闲人，皆为一件小小热闹粘合在那里。

嗞……

一个裂帛的声音，这声音又如一枚冲天小小爆仗，由地而腾起，五色纸作成翅膀的小玩具，便在一个螺旋形的铁丝上，被卖玩具者打发了上天。于是这里有各色各样的脸子，皆向明蓝作底的高空仰着。小玩具作飞机形制，上升与降落，同时还牵引了远方的眼睛，因为它颜色那么鲜明，有北京城玩具特性的鲜明。

小小飞机达到一定高度后，便俨然如降落伞，盘旋而下，依然落在场中一角，可以重新拾起，且重新派它向上高升。或当发放时稍偏斜一点。它的归宿处便改了地方，有时随风扬起挂在柳梢上，有时落在各种小摊白色幕顶上，有时又凑巧停顿在或一路人草帽上。它是那么轻，什么人草帽上有了这小东西时，先是一点儿不明白，仍然扬长向在人丛中走去，于是一群顽皮小孩子，小狗般跟在身后嚷着笑着，直到这游人把事弄明白，抓了头上小东西摔去，小孩子方始争着抢夺，忘了这或一游人，不再理会。

小飞机每次放送值大子儿三枚，任何好事的出了钱，皆可自己当场来玩玩，亲手打发这飞机“上天”，直到这飞机在“地面”失去为止。

从腰边口袋中掏铜子人一多，时间不久，卖玩具人便笑眯眯的一面数钱一面走过望海楼喝茶听戏去了，闲人粘合性一失，即刻也散了。场坪中便只剩下些空莲蓬，翠绿起襞的表皮，翻着白中微绿的软瓤，还有棕色莲子壳，绿色莲子壳。

一个年纪已经过了六十的老人，扛了一对大傀儡从后海走来，到了场坪，四下望人，似乎很明白这不是玩傀儡的地方，但莫可奈何的却停顿下来。

这老头子把傀儡坐在场中烈日下，一面收着地面的莲蓬，用手捏着，探试其中的虚实，一面轻轻的咳着，调理他那副枯嗓子。他既无小锣，又无小鼓，除了那对脸儿一黑一白简陋呆板的傀儡以外，其余什么东西也没有！看的人也没有。

他把那双发红小眼睛四方瞟着，场坪地位既那么不适宜，天气又那么热，心里明白，若无什么花样做出来，决不能把游海子的闲人牵引过来。老头子便瞻望坐在坪里傀儡中白脸的一个，亲昵的低声的打着招呼，也似乎正在用这种话安慰他自己。

“王九，不要着急，慢慢的会有人来的。你瞧，这莲蓬，不是大爷们的路数？咱们耽一会儿，就来玩个什么给爷们看看，玩得好，还愁爷们不赏三枚五枚？玩得好，大爷们回家去还会同家中学生说：‘嗨，王九赵四摔跤多扎实，六月天大日头下扭着蹩着搂着，还不出汗！’（他又轻轻的说）可不是，你就从不出汗，天那么热，你不出汗也不累，好汉子！”

来了一个人，正在打量投水似的神气，把花条子衬衣下角长长的拖着，作成北京城大学生特有的丑样子，在脸上，也正同样有一派老去民族特有的憔悴颜色。

老头子瞥了这学生一眼，便微笑着，以为帮场的“福星”来了，全身作成年轻人伶便姿式，把膀子向上向下摇着。大学生正研究似的站在那里欣赏傀儡的面目，老头子就重复自言自语的说话，亲昵得如同家人父子应对。

“王九，我说，你瞧，大爷大姑娘不来，先生可来了。好，咱们动手，先生不会走的。你小心别让赵四小子扔倒。

先生帮咱们绷个场面，看你摔赵四这小子，先生准不走。”

于是他把傀儡扶起，整理傀儡身上那件破旧长衫，又从衣下取出两只假腿来，把它缚在自己裤带上，一切弄妥当后，就把傀儡举起，弯着腰，钻进傀儡所穿衣服里面去，用衣服罩好了自己，且把两只手套进假腿里，改正了两只假腿的位置，开始独自来在灰土坪里扮演两个人殴打的样子。他用各样方法，变动着傀儡的姿式，跳着，蹿着，有时又用真脚去捞那双用手套着的脚，装作掼跤盘脚的动作。他自己既不能看清楚头上的傀儡，又不能看清楚场面上的观众，表演得却极有生气。

大学生忧郁的笑了，而且，远远的另一方，有人注意到了这边空地上的情形，被这情形引起了好奇兴味，第二个人跑来了。

再不久，第三个以至于第十三个皆跑来了。

闲人为了傀儡的殴斗，聚集在四周的越来越多。

众人嘻嘻的笑着，从衣角里，老头子依稀看得出场面上一圈观众的腿脚，他便替王九用真脚绊倒了赵四的假脚，傀儡与藏在衣下玩傀儡的，一齐颓然倒在灰土里，场面上起了哄然的笑声，玩意儿也就作了小小结束了。

老头子慢慢的从一堆破旧衣服里爬出来，露出一个白发苍苍满是热汗的头颅，发红的小脸上写着疲倦的微笑，离开了傀儡后，就把傀儡重新扶起，自言自语的说着：

“王九，好小子，你真能干。你瞧，我说大爷会来，大爷不全来了吗？你玩得好，把赵四这小子扔倒了，大爷会大把子铜子儿洒来，回头咱们就有窝窝头啃了。瞧，你那脸，大姑娘样儿。你累了吗？怕热吗？（他一面说一面用衣角揩抹他自己的额角。）来，再来一趟，好劲头，咱们赶明儿还上南京国术会打擂台，给北方挣个大面子！”

众人又哄然大笑。

正当他第二次钻进傀儡衣服底里时，一个麻着脸庞收小摊捐的巡警从人背后挤进来。

巡警因为那种扮演古怪有趣，便不作声，只站在最前线看这种单人攒跤角力。然刚一转折，弯着腰身的老头子，却从巡警足部一双黑色厚皮靴上认识了观众之一的身分与地位，故玩了一会，只装作赵四力不能支，即刻又成一堆坍在地下了。

他赶忙把头伸出，对巡警作一种谄媚的微笑，意思像在说“大爷您好，大爷您好”，一面解除两手所套的假腿一面轻轻的带着幽默自讽的神气，向傀儡说：

“瞧，大爷真来了，黄褂儿，拿个小本子抽收四大枚浮摊捐，明知道咱们嚼大饼还没办法，他们是来看咱们摔跤的！天气多热！大爷们尽在这儿竖着，来，咱们等等再来。”他记起浮摊捐来了，他手边还无一个大子。

过一阵，他看看围在四方的帮场人已不少，便四向作揖打拱说：

“大爷们，大热天委屈了各位。爷们身边带了铜子儿的，帮忙随手撒几个，荷包空了的，帮忙耽一会儿，不必走开。”

观众中有人丢一枚两枚的，与其他袖手的，皆各站定原来位置不曾挪动，一个青年军官，却掷了一把铜子皱着眉毛走开了。老头子为拾取这一把散乱满地的铜子，照例沿了场子走去，系在腰带上那两只假脚，便很可笑的向左向右摆着。

收捐巡警已把那黄纸条画上了个记号，预备交给老头子，他见着时，赶忙数了手中铜子四大枚，送给巡警，这巡警就口上轻轻说着“王九王九”，含着笑走了。巡警走后，老头子把那捐条搓成一根捻子，扎在耳朵边，向傀儡说：

“四个大子不多，王九你说是不是？你不热，不出汗！巡警各处跑，汗流得多啦！”说到这里他似乎方想起自己头上的大汗，便蹲下去拉王九衣角揩着，同时意思想引起众人发笑，观众却无人发笑。

这老头子也同社会上某种人差不多，扮戏给别人看，连唱带做，并不因为他做得特别好，就只因为他在做，故多数人皆用希奇怜悯眼光瞧着。应出钱时，有钱的也照例不吝惜钱，但不管任何地方，只要有了一件新鲜事情，这点粘合性就失去了，大家便会忘了这里一切，各自跑开了。

柳树阴下卖莲子小摊，有人中了暑，倒在摊边晕去了，大家不知发生了什么事，见有人跑向那方面去，也跟着跑去，只一会儿玩傀儡的场坪观众就走去了大半。少数人也似乎方察觉了头上的烈日，继续渐渐散去了。

带着等待投水神气的大学生，似乎也记起了自己应做的事情，不能尽在这烈日下捧场作呆二，沿着前海大路挤进游人中不见了。

场中剩了七个人。

老头子看看，微笑着，一句话不说，两只手互相捏了一会，又蹲下去把傀儡举起，罩在自己的头上，两手套进假腿里去，开始剧烈的摇着肩背，玩着业已玩过的那一套。古怪动作招来了四个人，但不久之间却走去了五个人。等到另外一个地方真的殴打发生后，其余的人便全皆跑去了。

老头子还依然玩着，依然常常故意把假脚举起，作为其中一个全身均被举起的姿式。又把肩背极力倾斜向左向右，便仿佛傀儡扭扑极烈。到后便依然在一种规矩中倒下，毫不苟且的倒下。自然的，王九又把赵四战胜了。

等待他从那堆敝旧衣里爬出时，场坪里只有一个查验浮摊捐的矮巡警，笑眯眯的站在那里，因为观众只他一人故显得他身体特别大，样子特别乐。

他走向巡警身边去，弯了下腰，从耳朵边抓取那根黄纸捻条，那东西却不见了，就忙匆匆的去傀儡衣里乱翻。到后从地下方发现了那捐条，赶忙拿着递给巡警：巡警不验看捐条，却望着系在那老头子腰边的两只假腿痴笑，摇摇头走了。

他于是同傀儡一个样子坐在地下，计数身边的铜子，一面向白脸傀儡王九笑着，说着前后相同既在博取观者大笑，又在自作嘲笑的笑话。他把话说得那么亲昵，那么柔和。他不让人知道他死去了的儿子就是王九，儿子的死乃是由于同赵四相拼也不说明。他决不提这些事。他只让人眼见傀儡王九与傀儡赵四相殴相扑时，虽场面上王九常常不大顺手，上风皆由赵四占去，但每次最后的胜利，总仍然归那王九。

王九死了十年，老头子在北京城圈子里外表演王九打倒赵四也有了十年，那个真的赵四，则五年前在保定府早就害黄疸病死掉了。

廿二年九月三日在北平新窄而霉斋

看虹录

一个人二十四点钟内生命的一种形式

第一节

晚上十一点钟。

半点钟前我从另外一个地方归来，在离家不多远处，经过一个老式牌楼，见月光清莹，十分感动，因此在牌楼下站了那么一忽儿。那里大白天是个热闹菜市，夜中显得空阔而静寂。空阔似乎扩张了我的感情，寂静却把压缩在一堆时间中那个无形无质的“感情”变成为一种有分量的东西。忽闻嗅到梅花清香，引我向“空虚”凝眸。慢慢的走向那个“空虚”，于是我便进到了一个小小的庭院，一间素朴的房子中，傍近一个火炉旁。在那个素朴小小房子中，正散溢梅花芳馥。像是一个年夜，远近有各种火炮声在寒气中爆响。在绝对单独中，我开始阅读一本奇书。我谨谨慎慎翻开那本书的第一页，有个题词，写得明明白白：

神在我们生命里

第二节

炉火始炽，房中温暖如春天，使人想脱去一件较厚衣服，换上另外一件较薄的。橘红色灯罩下的灯光，把小房中的墙壁、地毯和一些触目可见的事事物物，全镀上一种与世隔绝的颜色，酿满一种与世隔绝的空气。

近窗边朱红漆条桌上，一个秋叶形建瓷碟子里，放了个小小的黄色柠檬，因此空气中还有些柠檬辛香。

窗帘已下垂，浅棕色的窗帘上绘有粉彩花马，仿佛奔跃于房中人眼下。客人来到这个地方，已完全陷入于一种离奇的孤寂境界。不过只那么一会儿，这境界即从客人心上消失了。原来主人不知何时轻轻悄悄走入房中，火炉对面大镜中，现出一个人影子。白脸长眉，微笑中带来了些春天的嘘息。发鬓边蓬蓬松松，几朵小蓝花聚成一小簇，贴在有式样的白耳后，俨若向人招手，“瞧，这个地位多得体，多美妙！”

手指长而柔，插入发际时，那张微笑的脸便略微倾侧，起始破坏了客人印象另一个寂静。

“真对不起，害你等得多闷损！”

“不。我一点不。房中很暖和，很静，对于我，真正是一种享受！”

微笑的脸消失了。火炉边椅子经轻轻的移动，在银红缎子坐垫上睡着的一只白鼻白爪小黑猫儿，不能再享受炉边的温暖，跳下了地，伸个懒腰，表示被驱逐的不合理，难同意，慢慢的走开了。

案桌上小方钟达达响着，短针尖在八字上。晚上八点钟。

客人继续游目四瞩，重新看到窗帘上那个装饰用的一群小花马，用各种姿势驰骋。

“你这房里真暖和，简直是一个小温室。”

“你觉得热吗？衣穿得太厚。我打开一会儿窗子。”

客人本意只是赞美房中温暖舒适，并未嫌太热，这时节见推开窗子，不好意思作声。

窗外正飘降轻雪。窗开后，一片寒气和沙沙声从窗口通入。窗子重新关上了。

“我也觉得热起来了。换件衣服去。”

主人离开房中一会儿。

重新看那个窗帘上的花马。仿佛这些东西在奔跃，因为重新在单独中。梅花很香。

主人换了件绿罗夹衫，显得瘦了点。

“穿得太薄了，不怕冷吗？招凉可麻烦。药总是苦的，纵加上些糖，甜得不自然。”

“不冷的！这衣够厚了。还是七年前缝好，秋天从箱底里翻出，以为穿不得，想送给人。想想看，送谁？自己试穿穿看吧，末后还是送给了自己。”侧面向炉取暖，一双小小手伸出作向火姿势，风度异常优美。还来不及称赞，手已缩回翻翻衣角，“这个夹衣，还是我自己缝的！我欢喜这种软条子罗，重重的，有个分量。”

“是的，这个对于你特别相宜。材料分量重，和身体活泼轻盈对比，恰到好处。”要说的完全都溶解在一个微笑里了。主人明白，只报以微笑。

衣角向上翻转时，纤弱的双腿，被鼠灰色薄薄丝袜子裹着，如一棵美丽的小白杨树，如一对光光的球杖，——不，恰如一双理想的腿。这是一条路，由此导人想象走近天堂。天堂中景象素朴而离奇，一片青草，芊绵绿芜，寂静无声。

什么话也不说，于是用目光轻轻抚着那个微凸的踝骨，敛小的足胫，半圆的膝盖，……一切都生长得恰到好处，看来令人异常舒服，而又稍稍纷乱。

仿佛已感觉到这种目光和遐想行旅的轻微亵渎，因此一面便把衣角放下，紧紧的裹着膝部，轻的吁了一口气。“你瞧我袜子好不好？颜色不大好，材料好。”瘦的手在衣下摸着那袜子，似乎还接着说，“材料好，裹在脚上，脚也好看多了，是不是？”

“天气一热，你们就省事多了。”意思倒是“热天你不穿袜子，更好看”。

衣角复扬起一些：“天热真省事。”意思却在回答，“大家都说我脚好看，那里有什么好看”。

“天热小姐们鞋子也简单。”（脚踵脚趾通好看。）

“年年换样子，费钱！”（你欢喜吗？）

“任何国家一年把钱用到顶愚蠢各种事情上去，总是万万千千的花。年青女孩子一年换两种皮鞋样子，费得了多少事！”（只要好看，怕什么费钱？一个皮鞋工厂的技师，对于人类幸福的贡献，并不比一个□□厂的技师不如！）

“这个问题太深了，不是我能说话的。我倒像个野孩子，一到海边，就只想脚踢沙子玩。”（我不怕人看，不怕人吻，可是得看地方来。）

“今年新式浴衣肯定又和去年不同。”（你裸体比别的女人更好看。）

这种无声音的言语，彼此之间都似乎能够从所说及的话领会得出，意思毫无错误。到这时节，主人笑笑，沉默了。一个聪明的女人的羞怯，照例是贞节与情欲的混合。微笑与沉默，便包含了奖励和趋避的两种成分。

主人轻轻的将脚尖举举。（你有多少傻想头，我全知道！可是傻得并不十分讨人厌。）

脚又稍稍向里移，如已被吻过后有所逃避。（够了，为什么老是这么傻。）

“你想不出你走路时美到什么程度。不拘在什么地方，都代表快乐和健康。”可是客人开口说的却是“你喜欢爬山，还是在海滩边散步？”

“我当然欢喜海，它可以解放我，也可以满足你。”主人说的只是“海边好玩得多。潮水退后沙上湿湿的，冷冷的，光着脚走去，无拘无束，极有意思”。

“我喜欢在沙子里发现那些美丽的蚌壳，美丽真是一种古怪东西。”（因为美，令人崇拜，见之低头。发现美接近美不仅仅使人愉快，并且使人严肃，因为俨然与神对面！）

“对于你，这世界有多少古怪东西！”（你说笑话，你崇拜，低头，不过是想起罢了。你并不当真会为我低头的。你就是个古怪东西，想想许多不端重的事，却从不做过一件失礼貌的事，很会保护你自己。）

“是的，我看到的都是别人疏忽了的，知道的好像都不是‘真’的，居多且不同别人一样的。这可说是一种‘悲剧’。”（譬如说，你需要我那么有礼貌的接待你吗？就我知道的说来，你是奖励我做一点别的事情的。）

“近来写了多少诗？”（语气中稍微有点嘲讽，你成天写诗，热情消失在文字里去了，所以活下来就完全同一个正经绅士一样的过日子。）

“我在写小说。情感荒唐而夸饰，文字艳佚而不庄。写一个荒唐而又浪漫的故事，独自在大雪中猎鹿，简直是奇迹，居然就捉住了一只鹿。正好像一篇童话，因为只有小孩子相信这是可能的一件真实事情，且将超越真实和虚饰这类名词，去欣赏故事中所提及的一切，分享那个故事中人物的悲欢心境。”（你看它就会明白。你生命并不缺少童话一般荒唐美丽的爱好，以及去接受生活中这种变故的准备。你无妨看看，不过也得小心！）

主人好像完全理解客人那个意思，因此带着微笑说：“你故事写成了，是不是？让我看看好。让我从你故事上测验一下我的童心。我自己还不知道是否尚有童心!”

客人说:“是的,我也想用你对于这个作品的态度和感想,测验一下我对于人性的理解能力。平时我对于这种能力总觉得怀疑,可是许多人却称赞我这一点,我还缺少自信。”

主人因此低下头,(一朵百合花的低垂。)来阅读那个“荒唐”故事。在起始阅读前,似乎还担心客人的沉闷,所以间不久又抬起头瞥客人一眼。眼中有春天的风和夏天的云,也好受,也好看。客人于是说:“不要看我,看那个故事吧。不许无理由生气着恼。”

“我看你写的故事,要慢慢的看。”

“是的,这是一个故事,要慢慢的看,才看得懂。”

“你意思是说,因为故事写得太深——还是我为人太笨?”

“都不是。我意思是文字写得太晦,和一般习惯不大相合。你知道,大凡一种和习惯不大相合的思想行为,有时还被人看成十分危险,会出乱子的!”

“好,我试一试看,能不能从这个作品发现一点什么。”

于是主人静静的把那个故事看下去。客人也静静的看下去——看那个窗帘上的花马。马似乎奔跃于广漠无际一片青芜中消失了。

客人觉得需要那么一种对话,来填补时间上的空虚。

……太美丽了。一个长得美丽的人，照例不大想得到由于这点美观，引起人多少惆怅，也给人多少快乐！

……真的吗。你在说笑话罢了。你那么呆呆的看着我脚，是什么意思？你表面老实，心中放肆。我知道你另外一时，曾经用目光吻过我的一身，但是你说的却是“马画得很有趣味，好像要各处跑去”。跑去的是你的心！如今又正在作这种行旅的温习。说起这事时我为你有点羞惭，然而我并不怕什么。我早知道你不会做出什么真正吓人的行为。你能够做的就只是这种漫游，仿佛第一个旅行家进到了另外一个种族宗教大庙里，无目的的游览，因此而彼，带着一点惶恐敬惧之忱，因为你同时还有犯罪不净感在心上占绝大势力。

……是的，你猜想的毫无错误。我要吻你的脚趾和脚掌，膝和腿，以及你那个说来害羞的地方。我要停顿在你一身这里或那里。你应当懂得我的期望，如何诚实，如何不自私。

……我什么都懂，只不懂你为什么只那么想，不那么作。

房中只两人，院外寂静，惟闻微雪飘窗。间或有松树上积雪下堕，声音也很轻。客人仿佛听到彼此的话语，其实听到的只是自己的心跳。

炉火已渐炽。

主人一面阅读故事，一面把脚尖微触地板，好像在指示客人："请从这里开始。我不怕你。你不管如何胡闹也不怕你。我知道你要做些什么事，有多少傻处，慌慌张张处。"

主人发柔而黑，颈白如削玉刻脂，眉眼妩媚迎人，颊边带有一小小圆涡，胸部微凸，衣也许稍微厚了一点。

目光吻着发间，发光如鬃，柔如丝绸。吻着白额，秀眼微闭。吻着颊，一种不知名的芳香中人欲醉。吻着颈部，似乎吸取了一个小小红印。吻着胸脯，左边右边，衣的确稍厚了一点。因此说道：

"□□，你那么近着炉子，不热吗？"

"我不怕热，我怕冷！"说着头也不抬，咕咕的笑起来。"我是个猫儿，一只好看不喜动的暹罗猫，一到火炉边就不大想走动。平日一个人常整天坐在这里，什么也不想，也不做。"说时又咕咕的笑着。

"文章看到什么地方？"

"我看到那只鹿站在那个风雪所不及的孤独高岩上，眼睛光光的望着另一方，自以为十分安全，想不到那个打猎的人，已经慢慢地向它走去。那猎人满以为伸一手就可捉住它那只瘦瘦的后脚，他还闭了一只眼睛去欣赏那鹿脚上的茸毛，正像十分从容。你描写得简直可笑，想象不真。美丽，可不真实。"

“请你看下去！看完后再批评。”

看下去，笑容逐渐收敛了。他知道她已看到另一个篇章。描写那母鹿身体另外一部分时，那温柔兽物如何近于一个人。那母鹿因新的爱情从目光中流出的温柔，更写得如何生动而富有人性。

她把那几页文章搁到膝盖上，轻轻吁了一口气。好像脚上的一只袜子已被客人用文字解去，白足如霜。好像听到客人低声的说：“你不以为亵渎，我喜欢看它，你不生气，我还将用嘴唇去吻它。我还要沿那个白杨路行去，到我应当到的地方歇憩。我要到那个有荫蔽处，转弯抹角处，小小井泉边，茂草芊绵，适宜白羊放牧处。总之，我将一切照那个猎人行径作去，虽然有点傻，有点痴，我还是要作去。”

她感觉地位不大妥当，赶忙把脚并拢一点，衣角拉下一点。不敢再把那个故事看下去，因此装着怕冷，伸手向火。但在非意识情形中，却拉开了火炉门，投了三块煤，用那个白铜火钳搅了一下炉中炽燃的炭火。“火是应当充分燃烧的！我就喜欢热。”

“看完了？”

摇摇头。头随即低下了，相互之间都觉得有点生疏而新的情感，起始混入生命中，使得人有些微恐怖。

第二回摇摇头时，用意已与第一回完全不同。不在把“否认”和“承认”相混，却表示唯恐窗外有人。事实上窗外别无所有，惟轻雪降落而已。

客人走近窗边，把窗帘拉开一小角，拂去了窗上的蒙雾，向外张望，但见一片皓白，单纯素净。窗帘垂下时，“一片白，把一切都遮盖了，消失了。象征……上帝！”

房中炉火旁其时也就同样有一片白，单纯而素净，象征道德的极致。

“说你的故事好。且说说你真的怎么捉那只鹿吧。”

“好，我们好好烤火。来说那个故事……我当时傍近了它，天知道我的心是个什么情形。我手指抚摸到它那脚上光滑的皮毛，我想，我是用手捉住了一只活生生的鹿，还是用生命中最纤细的神经捉住了一个美的印象？亟想知道，可决不许我知道。我想起古人形容女人手美如荄荑，如春葱，如玉笋，形容寒俭或富贵，总之可笑。不见过鹿莹莹如湿的眼光中所表示的母性温柔的人，一定希奇我为什么吻那个生物眼睛那么久，更觉得荒唐，自然是我用嘴去轻轻的接触那个美丽生物的四肢，且顺着背脊一直吻到它那微瘦而圆的尾边。我在那个地方发现一些微妙之漩涡，仿佛诗人说的藏吻的窝巢。它的颊上，脸颊上，都被覆上纤细的毫毛。它的颈那么有式样，它的腰那么小，都是我从前梦想不到的。尤其梦想不到，是它哺小鹿的那一对奶子，那么柔软，那么美。那鹿在我身边竟丝毫无逃脱意思，它不惊，不惧。似乎完全知道我对于它的善意，一句话不必说就知道。倒是我反而有点惶恐不安，有点不知如何是好。我望着它的眼睛：'我们怎么办？'我要从它温柔目光中取得回答，好像听到它说：'这一切由你。'"

"不，不，一点不是。它一定想逃脱，远远的走去，因为自由，这是它应有的一点自由。"

"是的，它想逃走，可是并不走去。因为一离开那个洞穴，全是一片雪，天气真冷。而且……逃脱与危险感觉大有关系，目前有什么危险可言？……"

"你怎么知道它不想逃脱，如果这只鹿是聪明的，它一定要走去。"

"是的，它那么想过了。其所以那么想，就为的是它自以为这才像聪明，才像一只聪明的鹿应有的打算。可是我若像它那么作，那我就是傻子了，我觉得我说的话它不大懂，就用手和嘴唇去作补充解释，抚慰它，安静它。凡是我能做到的我都去做。到后，我摸摸它的心，就知道我们已熟习了，这自然是一种奇迹，因为我起始听到它轻轻的叹息——一只鹿，为了理解爱而叹息，你不相信吗?”

“不会有的事!”

“是的，要照你那么说话，决不会有。因为那是一只鹿!至于一个人呢，比如说——唉，上帝，不说好了。我话已经说得太多了!”

相互沉默了一会儿。

“不热吗?我知道你衣还穿得太多。”客人问时随即为作了些事。也想起了些事，什么都近于抽象。

不是诗人说的就是疯子说的。

“诗和火同样使生命会燃烧起来的。燃烧后，便将只剩下一个蓝焰的影子，一堆灰。”

二十分钟后客人低声的询问:“觉得冷吗?披上你那个……”并从一堆丝质物中，把那个细鼠灰披肩放到肩上去:“窗帘上那个图案古怪，我总觉得它在动。”事实上，他已觉得窗帘上花马完全沉静了。

主人一面搅动炉火，一面轻轻的说:“我想起那只鹿，先前一时怎么不逃走?真是命运。”说的话有点近于解嘲，因为事情已经成为过去了。

沉默继续占领这个有橘红色灯光和熊熊炉火的房间。

第二天，主人独自坐在那个火炉边读一个信。

□□：我好像还是在做梦，身心都虚飘飘的。还依然吻到你的眼睛和你的心。在那个梦境里，你是一切，而我却有了你，展露在我面前的，不是一个单纯的肉体，竟是一片光辉，一把花，一朵云。一切文字在此都失去了他的性能，因为诗歌本来只能作为次一等生命青春的装饰。白色本身即是一种最高的道德，你已经超乎这个道德名辞以上。

所罗门王雅歌说："我的妹子，我的鸽子，你脐圆如杯，永远不缺少调和的酒。"我第一次沾唇，并不担心醉倒。

葡萄园的果子成熟时，饱满而壮实，正象征生命待赠与，待扩张。不采摘它也会慢慢枯萎。

我欢喜精美的瓷器，温润而莹洁。我昨天所见到的，实强过我二十年来所见名瓷万千。

我喜欢看那幅元人素景，小阜平冈间有秀草丛生，作三角形，整齐而细柔，萦回迂徐，如云如丝，为我一生所仅见风景幽秀地方。我乐意终此一生，在这个处所隐居。

我仿佛还见过一个雕刻，材料非铜非玉，但觉珍贵华丽，希有少见。那雕刻品腿瘦而长，小腹微凸，随即下敛，一把极合理想之线，从两股接榫处展开，直到脚踝。式样完整处，如一古代希腊精美艺术的仿制品。艺术品应有雕刻家的生命与尊贵情感，在我面前那一个仿制物，倚据可看到神的意志与庄严的情感。

这艺术品的形色神奇处，也令人不敢相信。某一部分微带一片青渍，某一部分有两粒小小黑痣，某一部分并有若干美妙之漩涡，仿佛可从这些地方见出上帝手艺之巧。这些漩涡隐现于手足关节间，和脸颊颈肩与腰以下，真如诗人所谓“藏热吻的小杯”。在这些地方，不特使人只想用嘴唇轻轻的去接触，还幻想把自己整个生命都收藏到里边去。

百合花颈弱而秀，你的颈肩和它十分相似。长颈托着那个美丽头颅微向后仰。灯光照到那个白白的额部时，正如一朵百合花欲开未开。我手指发抖，不敢攀折，为的是我从这个花中见到了神。微笑时你是开放的百合花，有生命在活跃流动。你沉默，在沉默中更见出高贵。你长眉微蹙，无所自主时，在轻颦薄媚中所增加的鲜艳，恰恰如浅碧色百合花带上一个小小黄蕊，一片小墨斑。……这一切又只像是一个抽象。

第三节

这个记录看到后来，我眼睛眩瞀了。这本书成为一片蓝色火焰，在空虚中消失了。我不知什么时候离开了那个“房间”，重新站到这个老式牌楼下。保留在我生命中，似乎就只是那么一片蓝焰。保留到另外一个什么地方，应当是小小的一撮灰。一朵枯干的梅花，在想象的时间下失去了色和香的生命残余。我只记得那本书上第一句话：神在我们生命里。

我已经回到了住处。

晚上十一点半，菜油灯一片黄光铺在黑色台面上，散在小小的房间中。试游目四瞩，这里那里只是书，两千年前人写的，一万里外人写的，自己写的，不相识同时人写的；一个灰色小耗子在书堆旁灯光所不及处走来走去。那分从容处，正表示它也是个生物，可是和这些生命堆积，却全不相干。使我想起许多读书人，十年二十年在书旁走过，或坐在一个教堂边读书讲书情形。我不禁自言自语的说：“唉，上帝，我活下来还应当读多少书，写多少书？”

我需要稍稍休息，不知怎么样一来就可得到休息。

我似乎很累，然而却依然活在一种有继续性的荒唐境界里。

灯头上结了一朵小花，在火焰中开放的花朵。我心想："到火熄时，这花才会谢落，正是一种生命的象征。"我的心也似乎如焚如烧，不知道的是什么事情。

梅花香味虽已失去，尚想从这种香味所现出的境界搜寻一下，希望发现一点什么，好像这一切既然存在，我也值得好好存在。于是在一个"过去"影子里，我发现了一片黄和一点干枯焦黑的东西，它代表的是他人"生命"另一种形式，或者不过只是自己另一种"梦"的形式，都无关系。我静静的从这些干枯焦黑的残余，向虚空深处看，便见到另一个人在悦乐中疯狂中的种种行为。也依稀看到自己的影子，如何反映在他人悦乐疯狂中，和爱憎取予之际的徘徊游移中。

仿佛有一线阳光印在墙壁上。仿佛有青春的心在跳跃。仿佛一切都重新得到了位置和意义。

我推测另外必然还有一本书，记载的是在微阳凉秋间，一个女人对于自己美丽精致的肉体，乌黑柔软的毛发，薄薄嘴唇上一点红，白白丰颊间一缕香，配上手足颈肩素净与明润，还有那一种从莹然如泪的目光中流出的温柔歌呼。肢体如融时爱与怨无可奈何的对立，感到眩目的惊奇。唉，多美好神奇的生命，都消失在阳光中，遗忘在时间后！一切不见了，消失了，试去追寻时，剩余的同样是一点干枯焦黑东西，这是从自己鬓发间取下的一朵花，还是从路旁拾来的一点纸？说不清楚。

试来追究“生命”意义时，我重新看到一堆名词，情欲和爱，怨和恨，取和予，上帝和魔鬼，人和人，凑巧和相左。过半点钟后，一切名词又都失了它的位置和意义。

到天明前五点钟左右，我已把一切“过去”和“当前”的经验与抽象，都完全打散，再无从追究分析它的存在意义了，我从不用自己对于生命所理解的方式，凝结成为语言与形象，创造一个生命和灵魂新的范本，我脑子在旋转，为保留在印象中的造形，物质和精神两方面的完整造形，重新疯狂起来。到末了，“我”便消失在“故事”里了。在桌上稿本内，已写成了五千字。我知道这小东西寄到另外一处去，别人便把它当成“小说”，从故事中推究真伪。对于我呢，生命的残余，梦的残余而已。

我面对着这个记载，热爱那个“抽象”，向虚空凝眸来耗费这个时间。一种极端困惑的固执，以及这种固执的延长，算是我体会到“生存”唯一事情，此外一切“知识”与“事实”，都无助于当前，我完全活在一种观念中，并非活在实际世界中。我似乎在用抽象虐待自己肉体和灵魂，虽痛苦同时也是享受。时间便从生命中流过去了，什么都不留下而过去了。

试轻轻拉开房门时，天已大明，一片过去熟习的清晨阳光，随即进到了房里，斜斜的照射在旧墙上。书架前几个缅式金漆盒子，在微阳光影中，反映出一种神奇光彩。一切都似乎极新。但想起"日光之下无新事"，真是又愁又喜。我等待那个"夜"所能带来的一切。梅花的香，和在这种淡淡香气中给我的一份离奇教育。

居然又到了晚上十点钟。月光清莹，楼廊间满是月光。因此把门打开，放月光进到房中来。

似乎有个人随同月光轻轻的进到房中，站在我身后边："为什么这样自苦？究竟算什么？"

我勉强笑，眼睛湿了，并不回过头去："我在写青凤，《聊斋》上那个青凤，要她在我笔下复活。"

从一个轻轻的叹息声中，我才觉得已过二十四点钟，还不曾吃过一杯水。

三十年七月作

三十二年三月重写

摘星录

第一

五点三十分，她下了办公室，预备回家休息。要走十分钟路，进一个城门，经过两条弯弯曲曲的小街，方能回到住处。进城以前得上一个小小山坡，到坡顶时，凭高远眺，可望见五里外几个绿色山头，南方特有的楠木林，使山头显得胖圆圆的，如一座一座大坟。近身全是一片田圃，种了各样菜蔬，其时正有个老妇人躬腰在畦町间工作。她若有所思，在城墙前山坡上站了一忽儿。天上白云和乌云相间处有空隙在慢慢扩大，天底一碧长青，异常温静。傍公路那一列热带树林，树身高而长，在微风中摇曳生姿，树叶子被雨洗过后，绿浪翻银，俨然如敷上一层绿银粉。入眼风物清佳，一切如诗如画，她有点疲倦，有点渴。心境不大好，和这种素朴自然对面，便好像心中接触了什么，轻轻的叹了一口气。与她一同行走的是个双辫儿女孩，为人天真而憨，向她说：

“大姐，天气多好！时间还早，我们又不是被赶去充军，忙个什么？这时节不用回家，我们到公路近边坟堆子上坐坐去。到那里看着天上的云，等到要落雨了，再回家去不迟。风景好，应当学雅人做做诗！”

“做诗要诗人！我们是个俗人。是无章句韵节的散文。还是回家喝点水好些，口渴得很！”

双辫儿不让她走，故意说笑话：“你这个人本身就像一首诗，不必选字押韵，也完完整整。还是同我去好！那里有几座坟，地势高高的，到坟头上坐坐，吹吹风，一定心里爽快，比喝水强多了。看风景也是一种教育！”

“像一首诗终不是诗！”她想起另外一件事，另外一种属于灵魂或情感的教育，就说，“什么人的坟？”

双辫儿说：“不知道什么人的坟。”又说，“这古怪世界，老在变，明天要变成一个什么样子，就只有天知道！这些百年前的人究竟好运气，死了有孝子贤孙，花了一大笔钱来请阴阳先生看风水，找到好地方就请工匠来堆凿石头保坟，还在坟前空地上种树，树长大了让我们在下面歇凉吹风。我们这辈子人，既不会孝顺老的，也不能望小的孝顺，将来死后，恐怕连一个小小土堆子都占不上！”

“你死后要土堆子有什么用?”

“当然有用处！有个土堆子做坟，地方不太偏僻，好让后来人同我们一样，坐到上面谈天说地，死了也不太寂寞！”因为话说得极可笑，双辫儿话说完后，觉得十分快乐，自己便哈哈笑将起来。她年纪还只二十一岁，环境身世都很好，从不知“寂寞”为何物。只不过欢喜读《红楼梦》，有些想象愿望，便不知不觉与书中人差不多罢了。“坟”与“生命”的意义，事实上她都不大明白，也不必需明白的。

“人人都有一座坟，都需要一座坟?”她可想得远一点，深一点，轻轻吁了一口气。她已经二十六岁。她说的意义双辫儿不会懂得，自己却明明白白。她明白自己那座坟将埋葬些什么；一种不可言说的“过去”，一点生存的疲倦，一个梦，一些些儿怨和恨，一星一米理想或幻想，——但这时节实在并不是思索这些抽象问题时节。天气异常爽朗，容易令人想起良辰美景奈何天。

她愿意即早回家，向那双辫儿同伴说：“我不要到别人坟堆上去，那没有什么意思。我得回去喝点水，口渴极了。我是只水鸭子！”

双辫儿知道她急于回去另外还有理由，住处说不定正有个大学生，呆着等待她已半点钟。那才真是成天喝水的丑小鸭！就笑着说："你去休息休息吧。到处都有诗，我可要野一野，还得跑一跑路！"恰好远处有个人招呼，于是匆匆走去了。留下她一人站在城墙边，对天上云影发了一会儿痴。她心中有点扰乱，似乎和往常情形不大相同。好像有两种力量正在生命中发生争持，"过去"或"当前"，"古典"和"现代"，"自然"与"活人"，正在她情感上互相对峙。她处身其间，做人不知如何是好。

恰在此时有几个年青女子出城，样子都健康而快乐，头发松松的，脸庞红红的，从她身边走过时，其中之一看了她又看，走过身边后还一再回头来望她。她不大好意思，低下了头。只听那人向另外一个同伴说："那不是××，怎么会到这里来？前年看她在北平南海划船，两把桨前后推扳，神气多潇洒！"话听得十分清楚，心中实在很高兴，却皱了皱眉毛，只她轻轻的自言自语说："什么美不美，不过是一篇无章无韵的散文罢了。"

路沟边有一丛小小蓝花，高原地坟头上特有的产物，在过去某一时，曾与她生命有过一种希奇的联合。她记起这种"过去"，摘了一小束花拿在手上。其时城边白杨树丛中，正有一只郭公鸟啼唤，声音低郁而闷人，雨季未来以前，城外荒地上遍地开的报春花，花朵那么蓝，那么小巧完美，孤芳自赏似的自开自落。却有个好事人，每天必带露采来，把它聚成一小簇，当成她生命的装饰。礼物分量轻意义却不轻！数数日子，不知不觉已过了三个月。如今说来，这些景物人事好像除了在当事者心上还保留下一种印象，便已消失净尽别无剩余了！她因此把那一束小蓝花捏得紧紧的，放在胸膛前贴着好一会。“过去的，都让它成为过去！”那么想着，且追想起先前一时说的散文和诗的意义，勉强的笑笑，慢慢的进了城。

郭公鸟还在啼唤，像逗引人思索些不必要无结果的问题。她觉得这是一种有意的挑逗，偏不去想什么。俨然一切已成定局，过去如此，当前如此，未来还将如此。人应放聪明与达观一点，凡事都不值得固执。城里同样有一个小小斜坡，沿大路种了些杂树木，经过半月的长雨，枝叶如沐如洗，分外绿得动人。路旁芦谷苦蒿都已高过人头，满目是生命的长成。老冬青树正在开花，花朵细碎而淡白，聚成一丛丛的，香气辛而浓。她走得很慢，什么都不想，只觉得奇异，郭公鸟叫的声音，为什么与三月前一天雨后情形完全一样。过去的似乎尚未完全成为过去，这自然很好，她或许正需要从过去搜寻一点东西，一点属于纯诗的东西，方能得到生存的意义。这种愿望很明显与当前疲倦大有关系。

第二

有人说她长得很美，这是十五年前的旧事了。从十四五岁起始，她便对于这种称誉感到秘密的快乐。到十六岁转入一个高级中学读书，能够在大镜子前敷粉施朱时，她已觉得美丽使她幸福，也能给她小小麻烦。举凡学校有何种仪式，需要用美丽女孩作为仪式装饰时，她必在场有分。在那个情形中，她必一面有点害羞，有点不安，一面却实在乐意从公众中露面，接受多数人带点阿谀的赞颂。为人性格既温柔，眉发手足又长得很完美，结果自然便如一般有美丽自觉女孩子共通命运，于一种希奇方式中，得到很多人的关心。在学校时一个中年教员为了她，发生了问题，职务便被开除了。这是第一次使她明白人生关系的不可解。其次是在学校得到了一个带男性的女友，随后假期一来，便成为这个女友家中的客人，来自女友方面的各种殷勤，恰与从一个情人方面所能得到的爱情差不多，待到父母一死，且即长远成了女友家中的客人。二十岁时，生活中又加入另外一个男子，一个大学一年级，为人不甚聪明，性格却刚劲而自重，能爱人不甚会爱人。过不多久，又在另外机会接受了两分关心，出自友人亲戚兄弟两人。一年后，又来了一个美国留学生，在当地著名大学教书，为人诚实而忠厚，显然是个好丈夫，只是美国式生活训练害了他，热情富余而用不得体。过不久，又来了一个朋友，年纪较大，社会上有点地位，为人机智而热诚，可是已和别人订了婚。这一来，这些各有分际的友谊，在她生活上自然就有了些变化，发生了许多问题。爱和怨，欢乐与失望，一切情形如通常社会所见，也如小说故事中所叙述，一一逐渐发生。个人既成为这个社会小小一群的主角，于是她就在一种崭新的情感下，经验了一些新鲜事情。轻微的妒嫉，有分际的关心，使人不安的传说，以及在此复杂情形中不可免的情感纠纠纷纷，滑稽或误解种种印象。三年中使她接受了一分新的人生教育，生命也同时增加了一点儿深度。来到身边的青年人，既各有所企图，人太年青，控制个人情感的能力有限，独占情绪特别强，到末后，自然就各以因缘一一离开了她。最先是那个大学生，因热情不能控制，为妒嫉中伤而走开了。其次是两个兄弟各不相下，她想有所取舍，为人性格弱，势不可能，因此把关系一同割断。美国留学生见三五面即想结婚，结婚不成便以为整个失败，生命必然崩溃，却用一个简便办法，与别的女子结了婚，减去了她的困难，也算是救了他自己的失恋。

年青男孩子既陆续各自走开了，对于她，虽减少了些麻烦，当然就积压一些情感，觉得生命空虚无聊，带点神经质女孩子必然应有的现象。但因此也增加了她点知识。“爱”，同样一个字眼儿，男女各有诠释，且感觉男子对于这个名词，都不免包含了一些可怕的自私观念。好在那个年纪较长朋友的“友谊”，却因不自私在这时节正扩大了她生存的幻想，使她做人的自信心和自尊心有了抬头机会。且读了些书，书本与友谊同时使生命重新得到一种稳定。也明知这友谊不大平常，然而看清楚事不可能，想把问题简单化，因此她就小心又小心缩敛自己，把属于生命某种幻想几乎缩成为一个“零”。虽成为一个零，用客气限制欲望的范围，心中却意识到生命并不白费。她于是从这种谨慎而纯挚的友谊中，又经验了些事情。另外一种有分际的关心，人为的淡漠，以及由此而来的轻微得失忧愁。一切由具体转入象征，一分真正的教育，培养她的情感也挫折她的情感。生活虽感觉有点压抑，倒与当时环境还能配合。不过幻想同实际既有了相左处，她渐渐感到挣扎的必要，性情同习惯，却把她缚住在原有的生活上，不能挣扎。她有点无可奈何，有点不知如何是好。就便自慰自解，这是“命运”。用命运聊以自释，然而实不甘心长远在这种命运下低头。

战争改变一切，世界秩序在顽固的心与坚硬的钢铁摧毁变动中，个人当然也要受它的影响。多数人因此一来，把生活完全改了，也正因此，她却解决了一个好像无可奈何的问题，战争一来，唯一的老朋友亦离开了。

她想：“这样子很好，什么都完了，生命正可以重新开始。”因此年纪长大一点，心深了点，明白对于某一事恐不能用自己性格自救，倒似乎需要一个如此自然简截的结局，可是中国地面尽管宽广，人与人在这个广大世界中碰头的机会还依然极多。许多事她事先都料想不到，要来的还是会来，这些事凑和到她生活上时，便成为她新的命运。

战争缩短了中国人对于空间的观念，万千人都冒险向内地流，转移到一个完全陌生地方。她同许多人一样，先是以为战事不久就会结束，认定留下不动为得计。到后来看看战事结束遥遥无期，留在原来地方毫无希望可言，便设法向内地走。老同学北方本来有个家，生活过得很平稳有秩序，当然不赞成走。后来看看争持不过了，反而随同上了路。内地各事正需要人，因此到地不久两人都在一个文化机关得到一份工作。初来时自然与许多人一样，生活过得单纯而沉闷。

但不多久，情形便不同了。许多旧同学都到了这个新地方，且因为别的机会又多了些新朋友，生活便忽然显得热闹而活泼起来。生活有了新的变化，正与老同学好客本性相合，与她理想倒不甚相合，一切“事实”都与“理想”有冲突，她有点恐惧。年龄长大了，从年龄堆积与经验堆积上，她性情似乎端重一些，生活也就需要安静一些。然而新的生活却使她身心两方面都不安静。她愿意有点时间读读书，或思索消化一下从十八岁起始七年来的种种人事，日常生活方式恰正相反。她还有点“理想”，在“爱情”或“友谊”以外有所自见自立的理想，事实日常生活倒照例只有一些“麻烦”。这麻烦虽新而实旧，与本人性情多少有点关系。为人性格弱，无选择自主能力，凡事过于想作好人，就容易令人误会，招来麻烦。最大弱点还是作好人的愿望，又恰与那点美丽自觉需要人赞赏崇拜情绪相混合，因此在这方面特别增加了情感上的被动性。

老同学新同事中来了一些年青男女，“友谊”或“爱情”，在日常生活日常思想中都重新有了位置。一面是如此一堆事实，一面是那点微弱理想，一面是新，一面是旧，生活过得那么复杂而累人，她自然身心都感到相当疲倦。“战争”二字在她个人生命上有了新的意义，她似乎就从情分得失战争中，度过每一个日子，本来已经好像很懂得“友谊”和“爱情”，这一来，倒反而糊涂了。一面得承认习惯，即与老同学相处的习惯，一面要否认当前，即毫无前途的当前。持久下去自然应付不了，她不知道如何一来方可自救。一个女子在生理上既不能使思索向更深抽象走去，应付目前自然便是忍受，忍受，到忍受不了时便打量，“我为什么不自杀？”当然无理由实现这种蠢事。“我能忘了一切多好！”事实上这一切全都忘不了。

幸好老朋友还近在身边，但也令人痛苦。由于她年龄已需要重新将“友谊”作一度诠释，从各方面加以思索，观点有了小小错误。她需要的好像已经完全得到了，事实上感觉到所得的却是极不重要的一份。她明白，由于某种性情上的弱点，被朋友认识得太多，友谊中那点诗与火倒给毁去了。因此造成一种情绪状态，他不特不能帮助她，鼓励她向上作人，反而会从流行的不相干传说，与别方面的忌讳，使他在精神上好像与她越离越远，谈什么都不大接头。过去一时因抖气离开了她的那个刚直自重的朋友呢，虽重新从通信上取得了一些信托，一点希望，来信总还是盼望她能重新作人，不说别的事情，意思也就正对于她能否“重新作人”还感到怀疑。疑与妒并未因相隔六年相去七千里而有所改变。这个人若肯来看看她，即可使她得到很大的帮助。但那人却因负气或别的事务在身，不能照她愿望行事。那两兄弟呢，各自已从大学毕了业，各在千里外作事，哥哥还时常来信，在信上见出十分关心，希望时间会帮他点忙，改变一些人的态度。事实上她却把希望兴趣放在给弟弟的信上。那弟弟明白这个事情，且明白她的性情，因此来信照例保留了一点客气的距离。她需要缩短一点这种有意作成的距离，竟无法可想。另外一种机缘，却又来了一个陌生人，一个公务员，正想用求婚方式自荐。她虽需要一个家庭，但人既陌生，生活又相去那么远，这问题真不知将从何说起。另外又有一个朋友，习工科的，来到她身边，到把花同糕饼送了十来次后，人还不甚相熟，也就想用同样方式改变生活。两件事以及其他类似问题，便作成同居十年老同学一种特殊情绪，因妒生疑，总以为大家或分工或合作，都在有所计谋。以为她如不是已经与这个要好，就是准备与那个结婚，敌对对象因时而变，所以亦喜怒无常。独占情绪既受了损害，因爱成恨，举凡一个女人在相似情形中所能产生的幻想，所能作出的行为，无不依次陆续发生。就因这么一来，却不明白恰好反而促成身边那个造成一种离奇心理状态，使她以为一切人对她都十分苛刻。因疑成惧，也以为这人必然听朋友所说，相信事实如此，那人必将听朋友所说，以为事实又或如彼。一切过去自己的小小过失，与行为不端谨处，留下一些故事，都有被老同学在人前扩大可能。这种“可能”便搅扰得她极不安宁，竟似乎想逃避无可逃避。这种反常心理状态，使她十分需要一个人，而且需要在方便情形下有那么一个人，笨一点也无妨，只要可以信托，就可抵补自己的空虚。也就因此，生活上即来了一个平常大学生，为人极端平常，衣服干干净净，脑子简简单单，然而外表老实，完全可靠。正因为人无用也便无害，倒正好在她生活中产生一点新的友谊。这结果自然是更多麻烦！

先是为抵制老同学加于本身的疑妒，有一个仿佛可以保护自己情绪安定的忠厚可靠朋友在身边，自然凡事都觉得很好。随后是性情上的弱点，不知不觉间已给了这个大学生不应有的过多亲近机会。在一个比较长的时期中，且看出大学生毫无特长可以自见，生活观念与所学所好都庸俗得出奇，如此混下去，与老朋友过去一时给她引起那点向上作人理想必日益离远。而且更有可怕地方，是习惯移人，许多事取舍竟不由己。老同学虽在过去一时事事控制她，却也帮助了她幻想的生长。这大学生在目前，竟从一个随事听候使唤的忠仆神气，渐渐变而为独断独行主子样子。既如许多平常大学生一般生活无目的，无理想，读书也并无何种兴趣。无事可作时，只能看看电影，要她去就不好不去。一些未来可能预感，使她有点害怕。觉得这个人将来的麻烦处，也许可能比七年前旧情人的妒嫉，老朋友的灰心，以及老同学的歇斯迭里亚种种表现，综合起来还有势力。新的觉醒使她不免害怕担心，要摆脱这个人，由于习惯便摆不脱，尤其是老同学的疑妒，反而无形帮助了那大学生，使她不能不从大学生取得较多的信托，稳定自己的情感。

她于是在这种无可奈何情形中活下去，接受每天一切必然要来的节目，俨然毫无自主能力来改变这种环境。苦痛与厌倦中，需要一点新的方量鼓起她做人的精神，从朋友方面，得不到所需要时，末后反而还是照习惯跟了那个大学生走去，吃吃喝喝，也说说笑笑，接受一点无意义的恭维，与不甚得体的殷勤。

这自然是不成的！正因为生活中一时间虽已有些新的习惯不大好，情感中实依然还保留了许多别的美丽印象和幻想。这印象和幻想，与当前事实比时，不免使她对当前厌恶难受。看看“过去”和“未来”，都好像将离远了，当前却留下那么一个人。在老同学发作时，骂大学生为一个庸俗无用的典型，还可激起她反抗情绪，产生自负自尊心，对大学生反而宽容一点。但当老同学一沉默，什么都不提及，听她与大学生玩到半夜回转住处也不理会，理性在生命中有了势力，她不免觉得惭愧。

然而她既是一个女子，环境又限人，习惯不易变，自然还是只能那么想想，“我死了好”，当然不会死。又想“我要走开”，一个人往那里走？又想“我要单独，方能自救”，可是同住一个就离不开；同住既有人，每天作事且有人作伴同行，在办事处两丈见方斗室中，还有同事在一张桌子上办公，回到住处，说不定大学生已等得闷气许久了。这世界恰像是早已充满了人，只是互相妨碍，互相牵制，单独简直是不可能的梦想！单独既不可能，老同学误会又多，都委之于她的不是，只觉这也不成，那也不对，反抗埋怨老同学的情绪随之生长。先一刻的惭愧消失了。于是默默的上了床，默默的想，“人生不过如此”。就自然在不知觉间失去不少重新作人气概。因为当前生活固然无快乐可言，似乎也不很苦。日子过下去，她不向深处思索，虽不大见出什么长进，竟可说是很幸福的！

第三

可是世界当真还在变动中，人事也必然还有变迁。精神上唯一可以帮忙的老朋友，看看近来情形不大对，许多话说来都无意义，似乎在她自己放弃向上理想以前，先对她已放弃了理想，而且由正面劝说她“应当自重”，反而恶作剧似的，要她去和大学生“好好做爱”好好使用那点剩余青春了。几个自作多情的求婚者？相熟一个出了国，陌生一个又因事无结果再无勇气来信，至于留在五千里外那个朋友，则因时间空间都相去太远，来信总不十分温柔，引不起她对未来的幸福幻想，保护她抵抗当前自弃倾向。……更重要的是那个十年相处的女同学，在一种也常见也不常有情绪中，个人受尽了折磨，也痛苦够了她，对于新的情况始终不能习惯。虽好像凡事极力让步，勉强适应，终于还是因为独占情绪受了太大打击，只想远远一走，方能挽救自己情感的崩溃，从新生活中得到平衡。到把一切近于歇思的里表现，一一都反应到日常生活后，于是怀了一脑子爱与恨，有一天当真就忽然走开了。

起始是她生活上起了点变化，仿佛因老同学一走，一切

“过去”讨厌事全离开了，显得轻松而自由。老同学因爱而恨产生的各式各样诅咒，因诅咒在她脑子中引起的种种可怕联想，也一起离远了。老朋友为了别的原因，不常见面了。大学生初初像是生疏了许多。可是不久放了暑假，她有些空闲，大学生毕业后无事可作，自然更多空闲，由空闲与小小隔离，于是大学生更像是热烈了许多。这热烈不管用的是如何形式表现，既可增加一个女人对于美丽的自信，当然也就引起她一点反应。因此在生活上还是继续一种过去方式，恰如她自己所谓，活得像一篇“无章无韵的散文”。不过生命究竟是种古怪东西，正因为生活中的实际，平凡而闷人，倒培养了她灵魂上的幻想。生活既有了变化，空闲较多，自然多有了些单独思索“生活”的机会。当她能够单独拈起“爱”字来追究时，不免引起“古典”和“现代”的感想，就经验上即可辨别出它的轻重得失。什么是诗与火混成一片，好好保留了古典的美丽与温雅？什么是从现代通俗电影场面学来的方式，做作处只使人感到虚伪，粗俗处已渐渐把人生丑化？因此一面尽管习惯与大学生生活混得很近，一面也就想得很远很远。且由于这种思索，却发现了许多东西，即平时所疏忽，然而在生命中十分庄严的东西。所思所想虽抽象而不具体，生命竟似乎当真重新得到了一种稳定，恢复了已失去作人信心，感到生活有向上需要。只因为向上，方能使那种古典的素朴友谊与有分际有节制的爱，见出新的光和热。这比起大学生那点具体而庸俗的关系时，实在重要得多了。

然而她依旧有点乱，有点动摇。她明白时间是一去不返的，凡保存在印象中的诗，使它显现并不困难。只是当前所谓具体，却正在把生命中一切属于“诗”的部分，尽其可能加以摧残毁灭。要挣扎反抗，还得依赖一种别的力量，本身似乎不大济事。当前是性格同环境两样东西形成的生活式样，要打破它，只靠心中一点点理想或幻念，相形之下，实在显得过于薄弱无力了。

她愿意从老朋友或女同学方面得到一点助力，重新来回想女同学临行前给她那种诅咒。在当时，这些话语实在十分伤害她的自尊心，激起她对大学生的负短心。这时节已稍稍不同了一些。

老同学临行前说：“××，我们今天居然当真离开了，你明白我为什么走。你口上尽管说舍不得我走，其实凭良心说，你倒希望我走得越远越好。你以为一离开我就可以重新做人，幸福而自由在等待你。好，我照你意思走开！从明天起你就幸福自由了！可是我到底是你一个好朋友，明白你，为你性格担心。你和我离开容易，我一走了，要你同那个平凡坯子大学生离开恐不容易。这个人正因为无什么学问，可有的是时间，你一定就会吃亏到这上头。你要爱人或要人爱，也找个稍像样子的人，不是没有这种人！你目前是在堕落，我说来你不承认，因为你只觉得我是被妒嫉中伤了，再不会想到别的事情。我一提及就损害了你的自尊心，到你明白真正什么叫作自尊心时，你完了。末了你还可以说，只要我们相爱，就很好！好，这么想你如果当真可以快乐一点，就这么想。我讨厌这种生活，所以要走了。”

女同学自然不会明白她并不爱大学生，其所以和大学生来往亲密，还只是激成的。老朋友呢，友谊中忌讳太多，见面也少起来，以为是对她好，其实近于对她不好。

什么是“爱”？事情想来不免重新又觉得令人迷糊。她以为能作点事，或可从工作的专注上静一静心。大学生当然不会给她这点安静的，事实上她应当休息休息，把一颗心从当前人事纠纷中解放出来，方可望恢复心境的平衡常态。但是这“解放”竟像是一种徒然希望，自己既无可为力，他人也不易帮忙。

过去一时她曾对老朋友说：“人实在太可怕了，到我身边来的，都只想独占我的身心。都显得无比专制而自私，一到期望受了小小挫折，便充满妒和恨。实在可怕。”老朋友对于这个问题却回答得很妙：“人并不可怕。倘若自己情绪同生活两方面都稳得住，友谊或爱情都并无什么可怕处。你最可担心的事，是关心肉体比关心灵魂兴趣浓厚得多。梳一个头费去一点钟，不以为意，多读半点钟书，便以为太累。且永远借故把日子混下去，毫无勇气重新好好做个人，这对你前途，才真是一件最可怕的事！”

可是，这是谁的过失？爱她，了解她，说到末了，不是因妒嫉就是因别的忌讳，带着不愉快痛苦失望神情，或装作谨慎自重样子，远远走开。死的死去，陌生的知情知趣的又从无勇气无机会来关心她，同情她，只让她孤单单无望无助的，活到这个虚伪与俗气的世界中。一个女人，年纪已二十六岁，在这种情形下她除了听机会许可，怀着宽容与怜悯，来把那个大学生收容在身边，差遣使唤，做点小小事情，同时也为这人敷粉施朱，调理眉发，得到生命的意义，此外还有什么方法，可以满足一个女人那点本性？

所以提到这点时，她不愿意老朋友误解，还同老朋友说：“这不能怪我，我是个女人，你明白女人有的是天生弱点，要人爱她。那怕是做作的热情，无价值的倾心，总不能无动于衷，总不忍过而不问。姐姐不明白，总以为我会嫁给那一个平平常常的大学生，所以就怀着一腔悲恨走开了。就是你，你不是有时也还不明白，不相信吗？我其实永远是真实的，无负于人的！”

老朋友说：“可是这忠实有什么用？既不能作你不自重的辩护，也不能引起你重新做人的勇气，你明白的，若忠实只在证明你做爱兴趣浓于做人兴趣，目前这生活，对你有些什么前途，你想象得出！待你真真实实感到几个朋友为你不大自重，对你已当真疏远时，你应当会有点痛苦的。你若体会得出将来是什么，你尤其不能不痛苦！”

她觉得有点伤心，就抖气说：“大家都看不起我，也很好。什么我都不需要，我希望单独。”

老朋友明白那是一句反话。所以说：“是的，这么办你当然觉得好。只是得到单独也不容易！一个人决不能完全放下‘过去’，也无法拒绝‘将来’，你比别人更理会这一点。一时不自重的结果，对于一个女人，可能有些什么结果，你自己去好好想三五天，再决定你应作的事。”

于是老朋友沉默了。日月流转不息，一切过去的，自然仿佛都要成为一种“过去”。不会再来了。来到身边的果然就只是那个大学生。这件事说来却又像并非思索的结果，只是习惯的必然。

第四

转到住处后，一些回忆咬着她的心子。把那束高原蓝花插到窗前一个小小觚形瓶中去，换了点养花水，无事可作，便坐下来欣赏这丛小花。同住的还不归来，又还不到上灯吃饭时候。黄昏前天气闷热而多云。她不知道她实在太累，身心两方面若果都能得到一个较长时期的休息，对于她必大有帮助。

过了一阵，窗口边那束蓝花，看来竟似乎已经萎悴了，她心想：

“这东西摆到这里有什么用处?”可是并不去掉它。她想到的正像是对于个人生命的感喟，与瓶花又全不相干。因此联想及老朋友十余年来给她在情感上的教育，对生命的一点意见，玩味这种抽象观念，等待黄昏。“其实生命何尝无用处，一切纯诗即由此产生，反映生命光影神奇与美丽。任何肉体生来虽不可免受自然限制，有新陈代谢，到某一时必完全失去意义，诗中生命却将百年长青!”她好像在询问自己，生命虽能产生诗，如果肉体已到毫无意义，不能引起疯狂时，诗歌纵百年长青，对于生命又有何等意义？一个人总不能用诗来活下去。尤其是一个女人，不能如此。尤其是她，她自以为不宜如此。

不过这时节她倒不讨厌诗。老朋友俨然知道她会单独，在单独就会思索，在思索中就会寂寞，特意给了她一个小小礼物，一首小诗。是上三个月前留下的。与诗同时还留下一个令人难忘的印象。她把诗保留到一个文件套里，在印象中，却保留了一种温暖而微带悲伤的感觉。

小瓶口剪春罗还是去年红
这黄昏显得格外静　格外静
黄昏中细数人事变迁
见青草向池塘边沿延展
我问你　这应当惆怅？还应当欢欣
小窗间有夕阳薄媚微明

青草铺敷如一片绿云
绿云相接处是天涯
诗人说芳草碧如丝人远天涯近
这比拟你觉得近情？不真
世界全变了　世界全变了　是的　一切都得变

心上虹霓雨后还依然会出现

溶解了人格和灵魂　叫做爱
人格和灵魂需几回溶解
爱是一个古怪字眼儿　燃烧人的心
正因为爱　天上方悬挂千万颗星　和长庚星
你在静中眼里有微笑轻漾
你黑发同苍白的脸儿转成抽象

温暖文字温暖了她的心，她觉得快乐也觉得惆怅。还似乎有点怜悯与爱的情绪，在心上慢慢生长。可是弄不清楚是爱自己的过去，还是怜悯朋友的当前？又似乎有一种模糊的欲念生长，然而这友谊印象却已超过了官能的接近，成为另外一种抽象契合了。为了对于友谊印象与意象的捕捉，写成为诗歌，这诗歌本身，其实即近于一种抽象，与当前她日常实际生活所能得到的，相隔好像太远了。她欣赏到这种友谊的细微感觉时，不免有点怨望，有点烦乱，有点不知所主。

小瓶中的剪春罗业已萎悴多日。池塘边青草这时节虽未见，却知道它照例是在繁芜中向高处延展，迷目一望绿。小窗口长庚星还未到露面时。……这一切都像完全是别人事情，与她渺不相涉。自己房中仿佛什么都没有。心上也虚廓无边，填满了黄昏的寂静。

日头已将落尽，院子外阔大楠木树叶在微风中轻轻动摇，恰如有所招邀。她独自倚靠在窗口边，看天云流彩，细数诗中的人事，不觉自言自语起来："多美丽的黄昏，多可怕的光景！"正因为人到这种光景中，便不免为一堆过去或梦景身心都感到十分软弱，好像什么人都可以把她带走。只要有一个人来说："我要你，你跟我走。"就不知不觉会随这个人走去。她要的人既不会在这时走来，便预感到并不要的那个大学生会要来。只好坐下来写点什么，像是文字可即固定她的愿望。带她追想"过去"，方能转向"未来"，抵抗那个实际到不可忍受的"当前"。她取出纸笔，试来给老朋友写一个信，告他一点生活情形。

××，我办公回来，一个人坐在窗边发痴。心里不受用。重新来读读你那首小诗，实在很感动。但是你知道，也不可免有一点痛苦。这一点你似乎是有意如此，用文字虐待一个朋友的感情，尤其是当她对生活有一点儿厌倦时！天气转好了，我知道你一定还留在××。你留下的意思是不见我。好个聪明的老师，聪明到用隔离来教育人！我搬来已十五天，快有三个月不见你了，你应当明白这种试验对于我的意义。我当真是在受一种很可怕的教育。我实在忍受不了，但我沉默忍受下去。这是我应分得到的。可是你，公平一点说，这是我应分得到的？同住处一位是《红楼梦》的崇拜者，为人很天真可爱，警报在她想象中尽响，她只担心大观园被空袭，性格爱娇处可想而知。这就是你常说希有的性格，你一定能欣赏。从我们住处窗口望出去，穿过树林的罅隙，每天都可望到你说的那颗长庚星。我不明白你为什么心那么硬，知道我的寂寞，却不肯来看看我，也从不写个信给我。我总那么傻想，应当有个人，来到我这里，陪陪我，用同样心跳在窗边看看蓝空中这颗阅尽沧桑的黄昏星，也让这颗星子看看我们！那怕一分一秒钟也成，一生都可以温习这种黄昏光景，不会感到无聊的！我实在很寂寞，心需要真正贴近一颗温柔而真挚的心。你尽管为我最近的行为生我气，你明白，我是需要你原谅，也永远值得你原谅的！写到这里不知不觉又要向你说，我是一个女人！一个女人是照例无力抵抗别人给她关心的，糊涂处不是不明白。但并不会长远如此。情谊轻重她有个分量在心中。说这是女人的小气也成。总之她是懂好歹的，只要时间稍长一点，她情绪稳定一点。负心不是她的本性，负气也只是一时间的糊涂。你明白，我当前是在为事实与理想忍受两种磨折。理想与我日益离远，事实与我日益相近。我很讨厌当前的自己。我并不如你所想象的是一个能在一种轻浮生活中过日子下去的人。我盼望安静，孤独一点也无妨。我只要一个……我要的并未得到，来到我生活上，紧附在生活上的是一堆，我看得清清楚楚，实在庸俗而平凡。可是这是我的过失？别的人笑我，你不应当那么残忍待我。你明白事情，这命运是谁作主？……我要挣扎，你应当对于我像过去一样，相信我能向上。这种信托对我帮助太大了。而且也只有这种完全信托能唤回我的做人勇气和信心。

信写成后看看，情绪与事实似乎不大符合。正好像是一个十九世纪多情善怀女子，带点福楼拜笔下马丹波娃利风格，来写这么一封信。个人生活正在这种古典风格与现代实际矛盾中，灵魂需要与生活需要互相冲突。信寄给乡下老朋友只增多可怕的流言，和许多许多不必要的牵连。保留下来即多忌讳，多误会。因此写成后看看，便烧掉了。信烧过后又觉得有点惋惜，可惜自己这时节充满青春幻想的生命，竟无个安排处。

稍过一时，又觉得十九世纪的热情形式，对当前说来，已经不大时髦，然而若能留到二十世纪末叶的人看看，也未尝不可以变成一种动人的传奇！同时说不定到那时节还有少数“古典”欣赏者，对这种生命形式感到赞美与惊奇！因此重新从灰烬中去搜寻，发现一点残余。搜寻结果，只是一堆灰烬，试从记忆中去搜寻时，却得到些另外东西，同样保留了些十九世纪爱情的传奇风格。这是六年前另外一个大学生留下的。这朋友真如自己所预言，目下已经腐了，烂了，这世界上俨然只在她心中留下一些印象，一些断句，以及两人分张前两天最后一次拌嘴，别的一切全都消灭了。

她把这次最后拌嘴，用老朋友写诗的方式，当成一首小诗那么写下来：

我需要从你眼波中看到春天
看到素馨兰花朵上那点细碎白
我欢喜　我爱
我人离你远　心并不远

你说爱或不爱全是空话

该相信　也不用信不信
你瞧　天上一共有多少颗星
我们只合沉默　只合哑

谁挂上那天上的虹霓　又把它剪断
那不是我　不是我
你明白那应当是风的罪过
天空雨越落越大了　怎么办

天气冷　我心中实在热烘烘
有炉火闷在心里燃烧
把血管里的血烧个焦　好
我好像做了个梦　还在做梦

能烧掉一把火烧掉
爱和怨　妒嫉和疑心　微笑的影子　无意义的叹息
给它烧个无踪无迹
都烧完后　人就清静了　多好

你要清静我明天就走开

向顶远处走

让梦和回想也迷路

我走了　永远不再回来

这个人一走开后，当真就像是梦和回想也迷了路，久远不再回到她身边来了。可是她并不清静。试温习温习过去共同印象中的瓦沟绿苔，在雨中绿得如一片翡翠玉，天边一条长虹，隐了又重现。秋风在疑嫉的想象中吹起时，虹霓不见了，那一片绿苔在这种情形中已枯萎得如一片泥草，颜色黄黄的："让它燃烧，在记忆中燃烧个净尽。"她觉得有点痛苦，但也正是一种享受。她心想："活的作孽，死的安静。"眼睛业已潮湿了。过去的一场可怕景象重复回到记忆中。

"为什么你要离开我?"

"为了妒嫉?"

"为什么要妒嫉?"

"这点情绪是男子的本性。你爱不真心，不专一，不忠实，我以我——"

"你不了解我。我永远是忠实的。我的问题也许正是为人太忠实，不大知道作伪，有些行为容易与你自私独占情绪不合。"

"是的，你真实，只要有人说你美丽可爱，你就很忠实的发生反应。一个荡妇也可以如此说，因为都是忠实的。"

"这也可说是我一种弱点，可是……"

"这就够了！既承认是弱点，便自然有悲剧。"

她想："是的，悲剧，你忍受不了，你要走，远远的走，走到一个生疏地方，倒下去，死了，腐了，一切都完事了。让我这么活下来，怎么不是悲剧？一个女子怕孤独的天性，应当不是罪过！你们男子在社会一切事实上，都照例以为女子与男子决不能凡事并提，只是一到爱情上，就忘却我们是一个女子，忘了男女情绪上有个更大的差别。而且还忘了社会对于女子在这方面多少不公平待遇！假如是悲剧，男子也应当负一半责任，至少负一半责任！"

每个朋友从她的身边走开时，都必然留下一份小小的礼物，连同一个由于失望而灰心的痛苦印象。她愿意忘了这一切人事，反而有更多可怕的过去追踪而来。来到脑子后，便如大群蜂子，嗡嗡营营，搅成一团，不可开交。"好，要来的都来，试试看，总结算一下看。"忽然觉得有了一种兴趣，即从他人行为上反照一下自己，人生究竟是怎么一回事的兴趣。

第五

小手提箱中还留下另外几个朋友一些文件，想找寻一份特别的信看看。却在一本小说中，得到几张纸。她记得《茶花女》故事，人死时拍卖书籍，有一本《漫郎摄实戈》，她苦笑了一下，这时代，一切都近于实际，也近于散文，与浪漫小说或诗歌抒写的情境相去太远了。然而一些过去遇合中，却无一不保存了一点诗与生命的火焰，也有热，有光，且不缺少美丽而离奇的形式。虽有时不免见出做作处，性格相左处，不甚诚实处，与“真”相去稍远，然而与“美”却十分接近。虽令人痛苦，同时也令人悦乐，即受虐待与虐待他人的秘密悦乐。这固然需要资本，但她却早已在过去生命上支付了。

她把那些信一一看下去。第一个是那个和她拌嘴走开的大学生写的，编号三十一，日子一九三五年八月。

世界都有春天和秋天，人事也免不了。当我从你眼波中看出春天时，我感觉个人在这种春光中生息，生命充实洋溢，只想唱歌，想欢呼，俨然到处有芳茵，我就坐在这个上面，看红白繁花在微风中静静谢落。我应当感谢你，感谢那个造物的上帝，更感谢使我能傍近你的那个命运。当我从你眼睛中发现秋天时，你纵理我敷衍我，我心子还是重重的，生命显得萎悴而无力，同一片得秋独早的木叶差不多，好像只要小小的一阵风，就可以把我刮跑！刮跑了，离开了我的本根，也离开了你，到一个不可知的水沟边躺下。我死了，我心还不死。我似乎听到沟中细碎流水声音，想随它流去，可办不到。我于是慢慢的腐了，烂了，完事。但是你在另外一种情形中，一定却正用春天的温暖，燃烧另外一些人的心，也折磨人的心！……

简直是一种可怕的预言，她不敢看下去了。取出了另外一个稍长的，编号第七十一，三年前那个朋友写给她的。日子为四月十九。

黄昏来时你走了，电灯不放亮，天地一片黑。我站在窗前，面对这种光景十分感动。正因为我手上仿佛也有一片黑，心上仿佛也有一片黑。这黑色同我那么相近，完全包围住我，浸透了我这时节的生命，□□，你想想看，多动人的光景！

我今天真到一个崭新境界里，是真实还是梦里？完全分不清楚，也不希望十分清楚。散在花园中景致实在希有少见。葡萄园果实成熟了，草地上有浅红色和淡蓝色小小花朵点缀，一切那么美好那么静。你眉发手足正与景色相称，同样十分平静，在你眼睛中我看出一种微妙之火，在你脚踵和膝部我看到荷花红与玉兰白的交溶颜色。在另外一部分我还发现了丝绸的光泽，热带果的芳香。一切都近于抽象，比音乐还抽象，我有点迷糊，只觉得生命中什么东西在静悄悄中溶解。溶解的也只是感觉……已近黄昏，一切寂静。唉，上帝。有一个轻到不可形容的叹息，掉落到我或你喉咙中去了。

这一切似乎完全是梦，比梦还飘渺，不留迹象。

黄昏来时先是一阵黑。等不久，天上星子出现了，正如一个人湿莹莹的眼睛。从微弱星光中我重新看到春天。这些星光那么微弱，便恰像是从你眼睛中反照发生的。（然而这些星光也许要在太空中走一千年！）

有什么花果很香，在微热夜气中发散。我眼前好像有一条路又那么生疏又那么熟习，我想散散步。我沿了一行不知名果树走去，连过两个小小山头，向坦坦平原走去。经过一道斜岭，几个干涸的水池，我慢慢的走去，道旁一草一木都加以留心——。一切我都认得清清楚楚。路旁有百合花白中带青，在微风中轻轻摇动，十分轻盈，十分静。山谷边一片高原蓝花，颜色那么蓝，竟俨然这小小草卉是有意摹仿天空颜色作成的。触目那么美，人类语言文字到此情形中显得贫弱而无力，失去了它应有的意义。我摘了一朵带露百合花，正不知用何种形式称颂这自然之神奇，方为得体，忽然感到一种恐惧，恰与故事中修道士对于肉体幻影诱惑感到恐惧相似，便觉醒了。我事实上生在完全孤独中。你已离开我很久了。事实上你也许就从不曾傍近过我。

当我感觉到这也算是一种生命经验时，我眼睛已湿，当我觉得这不过是一种抽象时，我如同听到自己的呜咽时，我低了头。这也就叫做“人生”！

我心里想，灵魂同肉体一样，都必然会在时间下失去光泽与弹性，唯一不老长青，实只有“记忆”。有些人生活中无春天也无记忆，便只好记下个人的梦。雅歌或楚辞，不过是一种痛苦的梦的形式而已。“一切美好诗歌当然都是梦的一种形式而已。”

一切美好诗歌当然都是梦的一种形式，但梦由人作，也就正是生命形式。这是个数年前一种抒情的记载，古典的抒情实不大切合于现代需要。她把信看完后，勉强笑笑，意思想用这种不关心的笑把心上的痛苦挪开。可是办不到。在笑中，眼泪便已挂到脸上了。一千个日子，大事变了多少！当前黄昏如何不同！

她还想用“过去”来虐待自己，取了一个纸张顶多的信翻看。编号四十九，五年前三月十六的日子。那个大学二年级学生，因为发现她和那两兄弟中一个小的情感时写的。

露水湿了青草，一片春。我看见一对班鸠从屋脊上飞过去，落到竹园里去了。听它的叫声，才明白我鞋子裤管已完全湿透，衣袖上的黄泥也快干了。我原来已到田中走了大半夜，现在天亮又回到住处了。我不用说它，你应当明白我为什么这样挫磨自己。

我到这地方来，就正是希望单独寂寞把身心和现实社会一切隔绝起来。我将用反省教育我自己。这教育自然是无终结的。现在已五个月了，还不见出什么大进步，我意思是说，自从你所作的一件可怕事情，给我明白后，我在各方面找寻一种可以重新使生命得到稳定的碇石，竟得不到。可是我相信会有进步，因为时间可以治疗或改正一切。对人狂热，既然真，就无不善。使用谨慎而得体，本可以作为一个人生命的华鬘，正因为它必同时反映他人青春的美丽。这点狂热的印象，若好好保留下来，还可以在另外一时温暖人半冷的心，恢复青春的光影，唤回童年的痴梦。可是我近年来的狂热，用到些什么地方，产生了什么结果？我问你。正因为这事太痛苦我，所以想对自己沉静，从沉静中正可看守自己心上这一炉火，如何在血中燃烧。让他慢慢的燃烧，到死为止！人虽不当真死去，燃烧结果，心上种种到末了只剩余一堆灰烬，这是可以想象得出的！

我有许多天都整夜不曾合眼，思索人我之间情分的得失，或近于受人虐待，或近于虐待他人。总像是这世界上既有男女，不是这个心被人践踏蹂躏，当作果核，便是那个心被人抛来掷去当作棋子。我想从虚空中证出实在，似乎经验了一种十分可怕的经验，终于把生命稳住了。我把为你自杀当成一件愚蠢而又懦怯的行为，战胜了自己，嫉与恨全在脑子中消失，要好好活下来了。

我目下也可以说一切已很好了。谢谢你来信给我关心和同情。至于流露在字里行间的意思，我很懂得。你的歉仄与忏悔都近于多余，实在不必要。你更不用在这方面对我作客气的敷衍。你是诚实的，我很相信。由于你过分诚实便不可免发生悲剧。总之，一切我现在都完全相信，但同样也相信我对于两人事情的预感，还是要离开你！

来信说，你还希望听听我说的梦。我现在当真就还在作梦。在这暗暗灯光下，用你所熟习的这支笔捕捉梦境。我照你所说，将依然让这些字一个一个吻着你美丽的眼睛。你欢喜这件事，把这信留下，你厌烦了这件事，尤其是那个税专学生到每天有机会傍近你身边，来用各种你所爱听的谄媚话语赞美你过后，再将那张善于说谎的嘴唇吻你美丽的眼睛时，这个信你最好是烧了它好。我并不希望它在你生活上占一个位置。我不必需，我这种耗废生命的方式，这应当算是最后一次了。

世界为什么那么安静？好像都已死去了，不死的只有我这颗心。我这颗心很显然为你而跳已多日，你却并不如何珍重它，倒乐意（不管有心还是无意）践踏它后再抛弃它。是的，说到抛弃时你会否认，你从不曾抛弃过谁，不，我不必要再同你说，这些话，说来实无意义。

我好像在一个海边，正是梦寐求之的那个海边，住在一间绝对孤僻的小村落一间小房中，只要我愿意，我可以从小窗口望到海上，海上正如一片宝石蓝，一点白帆和天末一线紫烟。房中异常素朴，别无装饰，我似乎坐在窗口边，听海波轻轻的啮咬岸边岩壁和沙滩。这个小房间当是你熟习的地方。因为恰好是你和我数年梦想到的海边！可是目下情形实在大不相同，与你所想象的大不相同。

“什么人刚刚从小房中走出，留下一点不可形容的脂粉余香？究竟是什么人？”没有回答。“也许不止一个人。”我自己作答了。

这一定不会是一个皮肤晒得黑黑的女人。我摹想有那么一个女人，先前一刻即在这个小房中，留下了许久，与另外一个男子作了些很动人的事情。我想着嵌在衣柜门那一个狭长镜子，镜子中似乎还保留一个秀发如云长颈弱肩的柔美影子，手足精美而稚弱，在被爱中有微笑和轻颦。还看到一堆米黄色丝质物衣裳在她脚边，床前有一束小小红花，已将枯萎，象征先一刻一个人灵魂在狂热中溶解的情形，我明白那香味了，那正是这个具有精美而稚弱手足的女子，肉体散放出的香味。我心中混乱起来了，忽然间便引起一种可怕的骚扰。小房中耽不住了，只好向屋外走去。

走出那个小房子后，经过一堆大小不一的黛色石头，还看见岩石上有些小小蚌壳粘附在上面发白。又经过一片豆田，枝叶间缀满了白花紫花。到海滩边我坐了下来。慢慢的就夜了，夜潮正在静中上涨，海面渐渐消失于一片紫雾中。这紫雾占领了海面同地面，什么也看不见。我感到绝对的孤独，生命俨然在向深海下沉，可是并不如何恐怖。心想你若在我身边，这世界只剩下我和你，多好的事！过不久，星子在天中出现了，细细碎碎，借微弱星光，看得出那小房子轮廓。沙子中还保留一点白日的余热，我把手掌贴到上面许久。海水与我的心都在轻轻的跳跃，我需要爱情，来到这个海滩上就正为的是爱。我预感到沙滩上应当有那么一个人，就是在小房中留下一些肉体余香，在镜子中依稀还保留一个秀发如云小腰白齿微笑影子的人。她必然正躺在这个沙地上某一处休息，她应当有所等待！我于是信步走去，沙滩狭而长，我预备走一整夜。天空中星光晦弱下去了，我心中却有一颗大星子照耀。是的，当真有一颗星子的光曜，为的是五个月前在这海边我曾经有过你，可是你同星子一样，如今离我已很远很远了！

我问你，一个人能不能用这种梦活下去，却让另一个人在另外一个地方同你去证实那种梦境？忘掉我这个人，也忘掉我这最后一个荒唐梦，因为你需要的原不是这些。我几年来实在当真如同与上帝争斗，总想把你改造过来，以为纵生活在一种不可堪的庸俗社会里，精神必尚有力向上轻举，使“生命”成为一章诗歌。可是到末了我已完全失败。上帝关心你的肉体，制作时见出精心着意，却把创造你灵魂的工作，交给了社会习惯。你如同许多女子一样，极端近于一个生物。从小说诗歌上认识了“爱”字，且颂扬赞美这个字眼儿。可是对于这个字的解释便简单得可怕。都以为“你爱我，好，你就爱吧。我年纪小，一切不负责！（连教育好好认识一下这个字的责任也不负！）到后来再说。”感觉这个字的意义，都是依傍了肉体，用胃和肢体来证实，与神经几乎全无关系。神经既不需要一种熔金铄石的热情，生命便无深度可言，也不要美，不要音乐和诗歌——要的只是照社会习惯所安排的一个人，一种婚姻，以及一份无可无不可的生活！生存无理想，生活无幻想，为的是好精力集中生男育女！虽有一点幻想或理想，来到都市上，使用在头发形式和衣服长短的关心上，也就差不多了。这就是我所谓女子更生物的一面。人类生活上真正有了势力，能装点少数人生活，却将破坏大多数人习惯！你属于肉体的美丽，自然更证明你是个女人，适宜于凡事“照常”。我想同上帝争斗，在你生命中输入诗或音乐的激情，使你得到一种力量，战胜一个女子通常的弱点，因之生命有向上机会。我的结果只作成一件事，我已失败。你的需要十分正常，在爱情上永远是被动，企图用最少力量，得到一个家庭，再储蓄了最多力量，准备抚育孩子。柔弱的性情即见出宜于为母的标帜。一个女子在生物学观点上卖弄风情正是婚前的本性，必到为母后方能情感集中，所以卖弄风情也并非罪恶。从行为上说来，你是一株真正的“寄生草”，无论在情感上还是生活上，都永远不用希望向上自振。星空虽十分壮丽，不是女性生物所宜住。你虽然觉得一切超越世俗的抽象观念美丽与崇高，其实你适宜于生活在一种卑陋实际中。任何高尚理想都不能在你生命中如男子一般植根发芽，繁荣生长。我已承认这种失败，所以只有永远同你离开。你还年青，适宜于去同一些男子用一种最合社会习惯的方式耗费它。前途不会很难堪，尤其是我离开了你决不会很难堪，凡吝啬一文钱的人也许可以保留到明天作别的使用，凡吝啬生命给予的，这流动不居一去不返生命，你留不住，像待遇我那么方式更留不住。真想留住青春，只有好好使用这点青春。爱惜生命不是拒绝爱，是与一个人贴骨贴心的爱，到将来寂寞时再温习过去，忍受应有的寂寞！

不，这些事是不用我说的！你明白的已经够多了。你按照一个生物学上的女性说来，就不会“寂寞”。诗人都想象女子到三十岁后，肉体受自然限制，柔美与温雅动人处再不能吸引男子关心时，必然十分寂寞。这可说完全出于男子荒唐的想象！上帝到那时已为你安排一群孩子，足够你幸福满意活下去。文学作品中的闺怨诗，大都是男子手笔，少数女子作品意识范围也只表示“不能为母”的愿望。我虽为你轻浮而走，再也不会妒嫉你的轻浮了。正因为这几个月的单独，读过了几本大书，使我明白轻浮原是每个女子的本性。不过稍稍为你担心，忧虑你这点性情必然使生活烦累而疲倦，尤其是在那么性情中加一点理想，性格既使你乐意接受多方面轻浮的爱情，理想又使你不肯马马虎虎与一个人结婚，因此一来必然在生活中有不少纠纠纷纷，好在你常常喜说“一切有命”，我也就用不着在此事上饶舌了。我应当祝你幸运。

信看完后，留下一些过去印象把她心变软了。她自言自语说：“是的，因为我的为人，一切朋友都差不多同一理由，如此很残忍的离开了我。我不会寂寞，因为我是一个女人，当然不懂得什么叫做寂寞！可是你们男子懂些什么？自以为那么深刻认识女人，知道女人都有一种属于生物的弱点。从类型看个体，发掘女人灵魂如此多，为什么却还要凡事责备女人，用信来虐待我！明知女人都有天生的弱点，又明白环境限人，社会待女人特别不公平，为自卫计女人都习惯于把说谎掩饰一部分过失，为什么总还诅咒女人虚伪？既明白女人都相当胆小怕事，可无一不需要个忠诚的爱人和安定的家庭，为什么有求于女人时，稍稍失望，就失去了做人自信心，远远的一走，以为省事？不能完全，便想一死，这是上帝的意思，还是人类不良的习惯？在女人，爱情固不能把灵魂淘深，在男子，究竟是什么，许许多多灵魂淘深以后，反而把心腔子变得如此狭小？一个人懂别人那么多，为什么懂自己反而那么少？对生命如此明白，对女子为什么反而还是不能相谅？是的，不管是懂不懂寂寞，轻浮是天生还是人为，要爱情还是要婚姻，我自己的事当然自己可以处理。不管将来是幸福还是不幸，我要活下去，我就照我方式活下去。社会不要我，我也就不用管社会！”

想来越走越与本题离远，她觉得这不成。她有点伤心起来，似乎还预备同这几个朋友拌嘴，但如果这时节任何一个朋友如来到她身边，她一定什么话都不说。她实在需要他们爱她，也需要更多一点认识她，信中不温柔处，她实在受不了。尤其是她需要那个为忌讳与误会沉默不声离开了她的老朋友，她以为最能理解她，原谅她，真正还会挽救她，唯有这个对她不太苛刻的老朋友。

第六

本来意思正想用“过去”抵制“目前”，谁知一堆“过去”事情丛集到脑中后，反而更像是不易处理。她实在不知道应当怎么办。她把几封信重新一一折好，依然夹到那本《爱眉小札》书中去。随意看了几页书，又好像从书中居然看出一线做人希望。作者是一个善于从一堆抽象发疯的诗人，死去快近十年了。时间腐烂了这个人壮美的身体，且把他留在情人友好记忆中的美丽印象也给弄模糊了。这本书所表现的狂热，以及在略有装点做作中的爱娇、寂寞与欢乐的形式，目下二十岁左右的青年人已看不大懂。她看过后却似乎明白了些他人不明白的事情。

她想，我要振作，一定要振作。正准备把一本看过大半的小说翻开，院中有个胡卢声音。那个日常贴在身旁的大学生换了一套新洋服，头上光油油的，脸刚刮过，站在门边谄谄的笑着。她也笑着。两人情绪自然完全不同，这一来，面前的人把她带回到二十世纪世界中了。好像耳朵中有个声音"典型的俗物"，她觉得这是一种妒嫉的回声。因为说这话的不是一个是一群人，已离开她很远很久了。她镇静了一下，双眉微皱问大学生：

"衣服是刚做的？"

那二十世纪的典型，把两只只知玩扑克牌的手插在裤袋里，作成美国电影中有情郎神气，口中胡胡卢卢的说：

"我衣服好看吗？香港新样子。你前天那件衣才真好看！我请你去看电影，看七点那场，《魂归离恨天》。"

"你家里来了钱，是不是？"心里却想，"看电影是你唯一的教育。"

憨笑着不做声，似乎口上说的心中想的全明白。因为他刚好从一个同乡处借了五十块钱，并不说明，只作出"大爷有钱”样子。过一会用手拍拍裤腰边又说：“我有钱呐！我要买楼上票，换你那件顶好看的衣服去。我们俩都穿新衣。”话说得实在无多趣味。可是又随随便便的说：“他们都说你美！长得真美！”

她高兴听人家对她的称赞，却作成不在意相信不过且略带抵抗性神气，随随便便的问大学生：“他们是谁？不是你那些朋友吧。”

大学生不曾注意这种询问，因为视线已转移到桌上一小朵白兰花上去了。把花拈到手中一会儿，闻嗅了一下，就预备放进洋服小口袋中去。

她看到大学生这种行动，记起前不久看《日出》戏剧中的胡四抹粉洒香水情形，心中大不愉快，把花夺到手中：“你不要拿这个，我要戴它。”

“那不成。我欢喜的。把我好了。”

“不欢喜。一个男人怎么用这种花？又不是唱戏的。”

“什么，什么，我不演戏！我偏要它！”大学生作成撒娇的样子，说话时含糊中还带点腻。她觉得很不高兴，可是大学生却不明白。到后来，还是把花抢去了，偏着个梨子头，谄而娇的笑着，好像一秒钟以前和日本人打了一次胜仗，争夺了一个堡垒，又光荣又勇敢。声音在喉与鼻间抑出：“宝贝，和我看电影去，我要你去，换了那件顶好看的衣服去！”

他不快乐摇摇头：“我今天不想去。你就会要我作这些事情，别的什么都不成，我们坐下来谈谈不好吗？为什么只想出去玩？”

“我爱你……”他不说下去了，因为已感到今天空气情形稍微和往常不同。想缓和缓和自己，于是口中学电影上爱情主角，哼了一支失望的短歌，声音同说话一样，含含糊糊，反使她觉得好笑。在笑里她语气温和了好些。

“××，你要看你自己去看，我今天不高兴同你出去。我还不曾要魂归离恨天。”

大学生作成小家子女人被妒嫉中伤时咬一咬嘴唇：“约了别人？”

她随口答应说：“是的，别人约了我。我要一个人留在这里等他。”

大学生受了伤似的，颈脖本来长长的，于是缩得短了一半，腮帮子胀得通红，很生气的说：“那我就走了。”又稍转口气说：“为什么不高兴？”又转激昂的说：“你变了心。好，好，好。”

她只是不作声。

大学生带着讽刺口吻又悻悻的说：“你不去，好。”

她于是认真生气说："××，你走好，离开这个房子，越快越好，我以后不要你到我这里来。我实在够厌烦你了！"

可是大学生明白她的弱点，暴雨不终日，飘风不终朝，都只是一会儿。他依然谄媚的微笑着，叫着他特意为她取的一个洋文名字，问她说："□□□，我到那里等你，我买两张票子，在楼上第×排，今天是世界上有名的悲剧！"

"我不来的。"

"你一定会来。"

"我绝对不来。"

"那我也不敢怨你！"

大学生走去后，她好像身心都轻松了许多，且对自己今天的行为态度有点诧异，为什么居然能把这个人遣开。

二十世纪现实，离开了这个小房间后，过了一会，窗上的夕阳黄光重新把她带回到另外一种生活抽象里去。事情显然，"十九世纪今天胜利了"。她想了想不觉笑将起来。记起老朋友说的"眼睛中有久远春天，笑中有永远春天"，便自言自语："唉，上帝，你让我在一天中看到天堂，也贴近地面，难道这就叫做人生？"停了一会儿，静寂中却仿佛有个含含糊糊的声音回答："我买了票子等你，你来了，我很快乐，你不来，我就要生气失望，喝酒，失眠，神经失常，到后我还会自杀，你怕不怕?”

“你可有神经？你也会害神经病?”

“我走了，让你那个女同学回到身边来，你怕不怕?”

这自然毫无什么可怕，可怕的是那一会儿时间，时间过去了，她总得想，她想到大学生，那点装模作样神气，和委曲小心处二而一，全为的是爱她，她的情绪不同了。忘了那点做事可笑处，也忘了诗与火，忘了“现代”与“古典”在生命中的两不相容，觉得刚才不应当使大学生扫兴。赶忙把镜子移到桌子边，开了灯，开了粉盒，对镜台匀抹脂粉。两点钟后两人已并排坐在电影院里柔软椅子上，享受那种现代生活，觉得是一对现代人了。不然，魂归离恨天不过是一个故事，和自己渺不相涉了。到散场时，两人都好像从电影上得到一点教育。两人在附近咖啡馆内吃了一点东西，又一同在大街上年青男女队伍中慢慢散步，大学生只就他脑子所能想到的默默的想，“我要走运，发了十万块钱财多好。”她呢，心中实在受了点刺激，不大愉快。两人本来并排走去，不知不觉就和他离开了些。忽然开口问大学生：

“你毕了业怎么办?”

“我正找事做。这世间有工作方有饭吃。”

“是的，有工作方有饭吃。可是你做什么事？是不是托你干爹找事?”

大学生有点发急，话说得越加含糊：

“××，这简直是——口气，取笑我。谁是我的干爹?我不做人干儿子干舅子！我托同乡周先生帮我忙，找个事做。得不到工作，我就再读两年书。我要研究学问。”

她心想：“你能读什么书?研究什么学问?”记起老同学的诅咒，因此口中却说：“你要抖点气，努努力才好。一个男子总得有点男子气，不能混混混！在学校混毕业，到社会又混职业，不长进被人笑话。”

“我一定要——有人帮我说话！”

“为什么要人帮忙，不自己努力?你这是在做人，做一个男子！做男子是不要人帮忙，凭能力找饭吃的。”

“运气不好，所以——”

“什么叫做运气?我觉得你做人观念实在不大高明。”

因为语气中对大学生有一点轻视意思，一点不愉快意思，大学生感到不平，把嘴兜着不再做声，话不曾说出口。意思以为世界上不公平事情很多，大家都不规矩，顶坏的人顶有办法，我姓蒋的纵努力，读死书到读书死，有什么用?我也要做人，也要做爱！我现在是做爱，爱情一有了着落，我就可以起始做人了。但怎么样做人，做什么样的人，在他脑子里却并无什么概念。恰如应付许多事情一样，想了一下，无结果，也就罢了。

大学生对于生活作“最近代”的想象计算时，她也想着，一种古典的情绪在脑子里生长中。她想：“我为什么居然会同这么个人混下去？读书毫无成就，头脑糊糊涂涂，就只是老实，这老实另一面也就正是无用。这算是什么生活？”于是她向大学生说：“我头有点痛，我要坐车回去。”

上车后，回头还看见这个穿新衣便觉快乐的大学生，把手放在嘴边抹抹，仿照电影上爱人抛了一个吻给她。她习惯的笑了一笑回到住处时，头当真有了一点儿痛。诗与火离开生活都很远很远了，从回想中也找不回来。重新看看那几封信，想给五千里外十年老友各写一个信，到下笔时竟不知写什么好。心里实在乱糟糟的，末了却写在日记本上：

> 一个人有一个人的命运，这所谓命运，正是过去一时的习惯，加上自己性格上的弱点而形成的。

当她搜寻什么是自己的弱点时，似乎第一次方真正发现自己原来是一个“女人”。这就很够了。老朋友曾经说过，一个女人受自然安排，在生理组织上，是不宜于向生命深处思索，不然，会沉陷到思索泥淖里的。

她觉得身心都很疲累了，得休息休息，明天还是今天的继续，一切都将继续存在下去，并且必然还负带那个长长的"过去"，一串回忆，也正是一串累赘，虽能装饰青春，却丝毫无助于生活的调处。她心想："我为什么不自杀？是强项还是懦怯？"

她不明白为什么会有这种想象。虽想起这件事却并不可怕，因为同时还想起大学生爱她的种种神气，便自言自语，"一切人不原谅我也好"，那意思就是我有了解，不必要更多人了解。单独了解有什么用？一切关心都成麻烦，增加纷乱。真的了解应该是一点信托，忠诚无二，与无求报偿的作奴当差，完全没有自己……不过她这时实在已经累了，需要的还是安静。可是安静同寂寞恰正是邻居，她明白的。她什么都似乎很明白，只不知道自己有什么方法可以将生活重造。

她实在想要哭一哭，但是把个美丽的头俯伏在雪白枕上去，过不多久，却已睡着了。

廿九年七月十八写

卅一年十月末改写

三十二年五月重写